1949來台日記

朱西甯 著

目錄

序

一個青年藝術家的畫像？

朱天心

——一九三九、九、一
清晨德軍入侵波蘭。下午去游泳。——

這是某位歐陸大師作家（一向信賴自己腦力不做筆記的我，終於再也想不起來是哪一位）日記中的尋常紀事。那文學史中重要的大師日記值得理解值得記的當然不止這一日、這一則，只這一則話不聽叫喚的不時跳出，尤其在我讀時人的口述歷史或回憶錄時，它尤其戴著一張譏誚的面具跑馬燈似的掠過眼下。

因為真實的日記——未為順應當下主流而選擇、刪、修、甚至增補——，便處處充滿著這種「九月一日，清晨德軍入侵波蘭，下午去游泳」十足破壞歷史神聖性的紀事，而非「從此二戰揭開序幕，世界再也不同」的事後之明，或「從此，我立志要如何如何」的偉人行誼作傳。

此書，寫在薄薄一本簡陋泛黃但潔淨的筆記本上的這本日記，紀錄了一名熱血青年於一九四九年三月十八日至九月二十日的日記，橫跨南京、上海、基隆、台南旭町營房、為期半年的紀實。熱血，是因他僅憑一紙孫立人「有血性肯吃苦的青年請快參加新軍！」的招募海報，便下定決心投筆從戎，告別近五十歲才生他的年邁雙親和尚未論婚嫁的情人……，這，在一九四九的那場天翻地覆數百萬人的大遷徙中，是基本處境吧，而我們卻在大歷史的搶奪解釋定調和「威權時代，我們不都選擇服從」的順民光譜中，少能從第一現場的報導口述中，知道更遑論瞭解更多。

這本也許從未打算給他人（即便他的後人）看的日記，再再誠實紀錄了諸多「車經台北、有同學在月台買了份報紙，首要大標題是『國軍主動撤離首都』」，下午賣了棉襖買香蕉的紀事，除了真實之外，沒有其他值得一提的價值嗎？

日記中的青年，念茲在茲他留在南京沒能有機會修改的長篇，以致無論穿紅短褲操練、大通鋪泡在汗水午休時、靶場上……都在腦裡草稿著他的小說，說草稿，一因小兵實在不可能有個人時間，二、「上午發餉十四萬元，稿紙七十張兩萬元，

① 孫立人將軍（1900-1990）

② 孫立人將軍在台灣鳳山練兵，招募知識青年參軍，23歲的朱西甯棄學報考「新軍」。

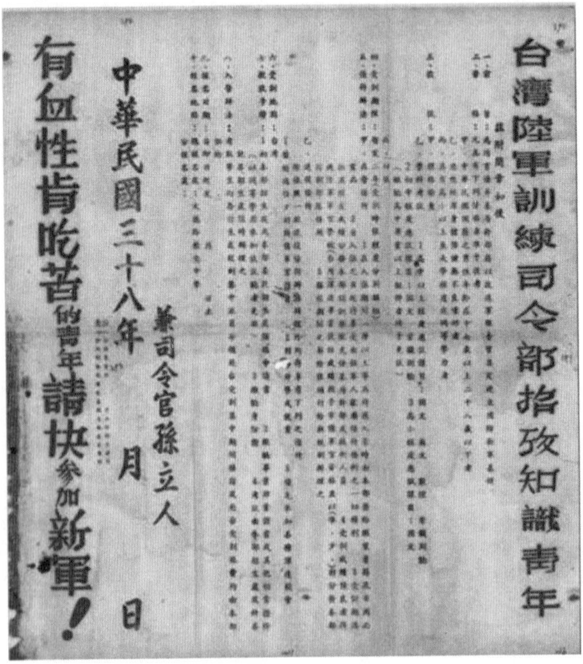

台灣陸軍訓練司令部招致知識青年

兼司令官孫立人

中華民國三十八年　月　日

有血性肯吃苦的青年請快參加新軍！

②

①

航空平信四十萬元」的物價，買得可寫的稿紙和筆記本是件大事。

如此的知識青年他也不是唯一，他們三五袍澤談談未來抱負之外，無非閱讀彼此的少作，穿著紅短褲、赤上身、草鞋、斗笠，年紀二十歲加減。

他們是走投無路、或糊裡糊塗、或路上被拉伕來台的青年軍人嗎？請見他們的入學考試，本書第一篇日記：

三月十八日禮拜五。午後去銀錮巷應口試，先我而試的是兩個乙組學生，第三個輪到我，主考的是個姓傅的，人很年青，也異常客氣，他先請我讀了一篇密勒氏英文，並解釋，其中一句 Franch military circles，我未能翻譯好，經他一翻，非常順口而且通達。接著又問了牛頓定律、歐姆定律、並滴水于硯，作水珠狀，問係何故。此後便暢談起來，以致佔今天全部口試時間的四分之一。我今天的談吐可以說是相當成功的一次，沉著、洗練、有見解，連我自己也激動起來。傅氏對我特別賞識，更給我帶來新的希望，我也有了新的覺悟，如果一切不使我失望能照語言兌現的話，我決將身體與靈魂全副獻于國家與社會。

好似我讀過的某長篇小說的開頭。（一個青年藝術家的畫像？）

這位投筆從戎的青年小說家和他同艘船渡海來台的同袍們亦不知道，他們因著歷史的撥弄，待在島上四十年，得以自由返鄉時，親人大多不在，自己也已成了物事全非的浦島太郎。

作為這位青年小說家的讀者、作為親人後輩，我讀時不免百感交集不知該如何看待這位「最晚認識、小我四十歲」的我父親朱西甯，尤其他的純真正直，每叫我想跳入書中敲醒他，但畢竟終其一生他完成了包括二十六本小說在內的著作四十一本，在他人生的每一個階段，包括我打擾負累參與其中的他的中壯年和晚年，見證他從沒鬆過手中那一支筆，並始終對文學後輩如同對當年的同袍友人一樣的鼓舞提攜，他完全對得起昔年那位青年小說家。

至於我，向來讀作品六親不認的他人口中的滅絕師太，我需要稍稍寬待二十三歲的我父親朱西甯嗎？就讓我們讀一段他民國三十八年五月二十二日的日記吧，記述一位國防部來視察的少將訓話：

從「今天，與大家，在這裡見面，敝人深感榮幸，與愉快……」老調開始，三個字一句，兩個字一句的講下去，「我可以分五條來說……第一條……」聽眾注意力集中。「第二條……」聽眾精神有點不濟。「第三條……」聽眾站不住了，彎著身子，想盹一覺。「第四條……」聽眾似乎在做夢了。「第五條……」聽眾忽的精神抖擻，等候著苦痛的解放。然而：「第五條又可以分三條來說：」于是大家又盹著了。老太太的裹腳布，又臭又長。

我看到一個深具洞察力、捕捉力、和富有將之說出來的勇氣的寫作者該有的所有能力和準備，他後來的文學人生早在此書此日記，已萌芽出土、生機勃勃的具體而微。

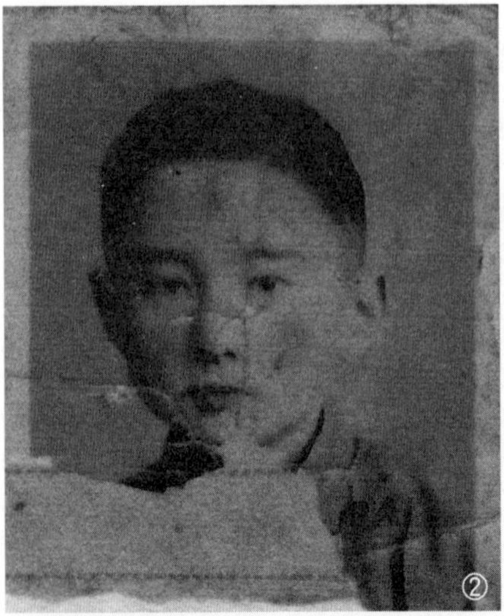

①1936年，十歲的朱西甯（右一）於老家宿遷。與二姐朱秀春（後右一）、外甥、八姐朱秀玲。

②朱西甯十五歲。小學畢業後，六姐帶他到南京讀震旦中學（現南京九中），高中讀臨二中（現南京五中）。戰後，就讀杭州藝專。

③1943年玄武湖，（左至右）六姐朱秀娟、小姑劉玉瑛、八姐朱秀玲。（朱西甯 攝）

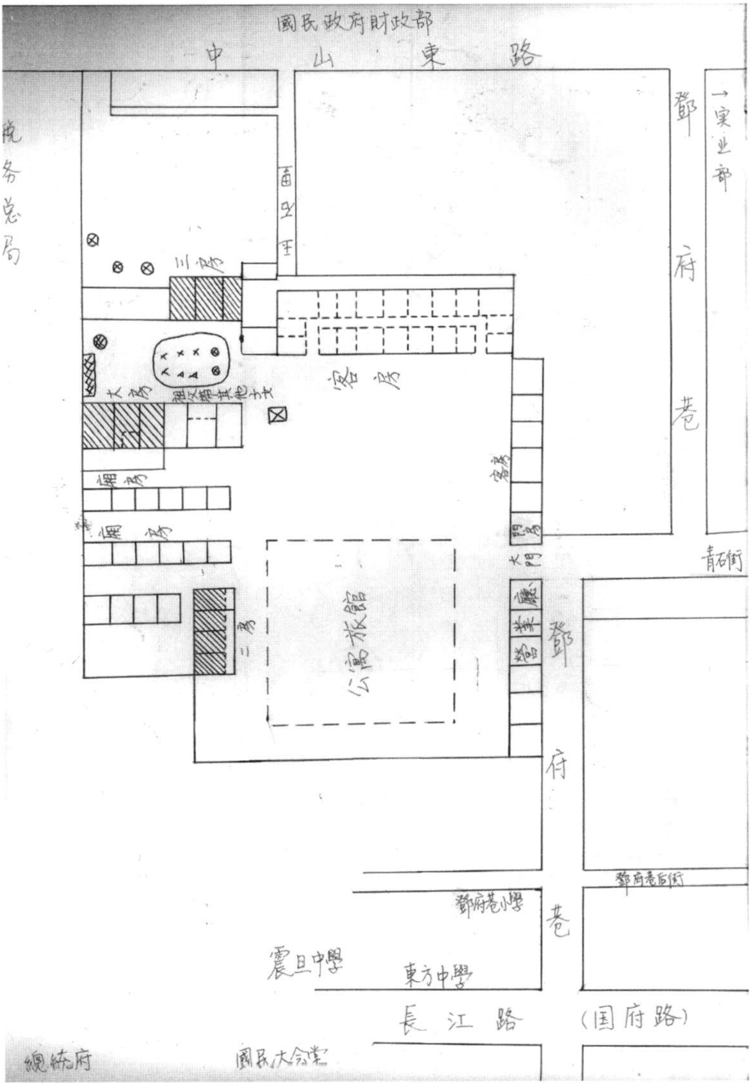

南京中山東路鄧府巷十八號。「大中華旅館」大門臨鄧府巷，住家出入則從後門玉石里，臨中山東路。（劉廣平 繪）

是苦難；是生死離別；卻又是正確——錯誤的錯誤所構成的正確。
多真實的歷史！然而歷史不是現實。往矣！遠矣！
怎禁得故土恩深，故人顏色漸模糊！
但我必須回去，回到那生我長我的泥土！尋求那育我、愛我的故人！
青年要出去，老年要回去。雖然我正年青。
淚和汗的凝結，還缺少的是血；生命不過是這麼些！

南京出發　三月十八日—三月二十八日

三月十八日禮拜五　八一五七　二月十九　晴轉曇

午後去銀錮巷應口試，先我而試的是兩個乙組學生，第三個輪到我，主考的是個姓傅的，人很年青，也異常客氣，他先請我讀了一篇密勒氏英文，並解釋，其中一句Franch military circles，我未能翻譯好，經他一翻，非常順口而且通達。接著又問了牛頓定律、歐姆定律，並滴水于硯，作水珠狀，問係何故。此後便暢談起來，以致佔今天全部口試時間的四分之一。我今天的談吐可以說是相當成功的一次，沉著、洗練、有見解、連我自己也激動起來。傅氏對我特別賞識，更給我帶來新的希望，我也有了新的覺悟，如果一切不使我失望能照諾言兌現的話，我決將身體與靈魂全副獻于國家與社會。

日來感謝六姐夫、二哥、六姐等對我的多番鼓勵，確實給我不少的勇氣。按說，這次決意此行，我是非常忍痛的幹的，若自私一些，如何會這麼做？除掉年老雙親使我難捨而外，更因將決定與鳳子絕緣，則更引為痛事！

①後左一為六姐夫的小妹劉玉蘭，小名鳳子。（朱西甯攝）

②六姐朱秀娟與六姐夫劉玉瑩。北伐後，劉玉瑩父親一家遷至南京，買地建南京第一座公寓式旅館，名「大中華旅館」。日本佔領南京，將旅館改為日本人小學校，抗戰勝利恢復為旅館，1950年停業。

三月十九日禮拜六　八一五八　二月廿　雨

維紳優柔寡斷，猶疑不決。尤其他的思想混亂，很令為友者深表痛心，我已苦口婆心勸其積極，奈數日來，毫無成效，不禁為他惋惜。

廿六號集中編隊，准許攜帶五公斤書籍，換身襯衣便服，口盅一支及其他洗臉器皿等。行前打算好好的讀點書，或寫點什麼，一切總還要詳細整理一番。對于鳳子的離別，我相當痛苦，再見時，她也許早作馮婦，好慘酷的時間與空間的利刃！

63 56 52 35 31 23 2　31 23 26 12 7 57 6　61 2 12
滴不盡相思血淚拋紅豆，開不完春柳春花滿畫樓，睡不穩紗窗

32 3 5 6　53 5 1 36 5 12 3　63 6 15 67 6 3565　6 3 56 51 23
風雨黃昏後，忘不了新愁與舊愁，嚥不下玉粒金波噎滿喉，瞧不盡鏡裡

2 6 1　6 56 33　5 1 6 2 2　6753 67 63 56 52 35 31 23 2
花容瘦，展不開眉頭，挨不明更漏，啊！恰似遮不住的青山隱隱，

31 23 26 12 67 56
流不斷的綠水悠悠。

——紅豆詞

晚斷電，用油燈習歌甚感不便，而且成績又特壞，三小姐要求明早早到練習。臨行時，她向我道再會時，我不禁猛然想到下個禮拜六就要離開南京，因而傷感不已，可是我不願將這事告訴她，我只希望去台灣後再寫信，因而我又過敏的想到將來要怎麼樣寫信給她，開始應該這麼寫吧：「聚少離多，匆匆南行，竟未及辭行，禮拜六晚上累大家久等，歉意何似？……」

寫這日記時，鳳子又在隔壁傳來歌聲，我明天是否要找個機會同她談談，她也許早知道了，可是，台灣之行，無疑的我同她今生再無相聚希望了，該多麼令人痛楚，鳳子！能不使我傷心麼？

接小星信，他仍在南匯，現已任電務員，月薪除伙食外，可淨落一石二斗，對家用尚有補助，不想鎮西兄現在倒也就得兒子濟了。

調寄　白雲悠（念征人）

歸鴉浮雲玉兔，撫欄鎖眉寂寞，抹一把想思淚，流不住，號角野營餐風露，你今宵歇何處？

三月廿日禮拜日　八一五九　二月廿一　雨

冒雨至浸會堂，只有三小姐一人在彈琴吊嗓子，因不便打攪她便默坐讀經，半晌，她換了詩譜，要我練習「主在聖殿中」的Tenor，三遍之後，又同她的Soprano合唱，接著又合唱今日的詩篇六九首，此時，她母親帶來了兩位美國女人，坐在傍邊咕好一忽，俞胖子趕到時，我們又合唱了數次，俞胖子是Bass，這數次的合唱，很完滿。

由蘇秀夫大夫講道，據晚上同二哥談起，始知蘇秀峯前于抗戰期間曾任興化後方醫院院長，因貪污而被槍斃，臨時跑掉了。

鬧了很多笑話，聽說他的品格非常壞，當後方醫院院長時，抽鴉片、娶小老

漢中堂，1935年起朱寶惠即擔任此堂牧師。現為基督教莫愁路堂。（2021 Fanny 攝）

婆，無所不為。蘇係宿遷南鄉蘇圩子人。（廿二日補記）

三月廿一日禮拜一　八一六〇　二月廿二　晴轉雨

前駛往中共投降之「重慶號」叛艦巡洋艦已于十九日被空軍飛往投彈炸沉。

晨去五姐處探聽他何時搬往雙親處，乃因天陰，不便遷徙，且因陰雨而未及同二嬸接洽。

下午送菜及六姐交于的五千元給雙親，行前父親定將千元交我零用，按說，這幾天實在山窮水盡，需要個零錢用用，可是既而一想，我無力孝敬老人家，反去剝削，豈不太不懂事，所以終于拒受了，父親若知我這幾天襞的連寄信錢都沒有，他老人家一定很難過的。

二哥朱青林（依平）。朱西甯本名朱青海，母親從小叫他心平，成年後才叫青海。

晚飯後，至維紳處，適遇張懷義，談之良久。並受其不少鼓勵。他現在做冒牌煙廠，很賺一些錢，他讀的是法律，這種行動可謂知法犯法罪加一等了。（廿二日補記）

父親朱寶善，時年六十四。

三月廿二日禮拜二　八一六一　二月廿三日　大雪

陰曆已至二月底，不想竟大雪紛紛，奇冷無比，今年天氣可真怪，從上月廿四至今，就斷斷續續的下個不住，人正為今春氣候詫異時，不料又來了場雪，這就更奇了。

陸家三子永碩因結核腦膜炎死于中央醫院，昨前猶與對語門傍，不意僅此數日，已作長別，生死不定，實難捉摸。

午後住雨，天氣尤陰，赴五姐處，適遇母在，乃商定明晨為五姐搬家。

三月廿三日禮拜三　八一六二　二月廿四日　晴轉曇

所謂「雪後不連陰」，今日果然晴了，天氣由晴轉曇，人又漸感失望，因十幾天以來的氣候太壞，陰的人難過。

晨連早飯也沒有來得及吃，就同二哥為五姐搬家，一輛馬車兩輛三輪車，才算搬清。

五姐搬至雙親處，倒令我放心不少，父母年邁，是要有個人照料的，而五姐又多病，也不宜一個人單身居住。

午後陳子雲來，坐良久，始辭去，我同他不大談得來，所以他在這兒，我總覺得時間是在浪費掉，很可惜。

最後排左一劉玉蘭，小名鳳子。朱西甯為她寫了五萬字的「傾國之戀」，後來重寫改名為「傍門之戀」。（朱西甯 攝）

日來忙于整理行裝，所以心亂的很，預明日抽暇將傍門之戀的結尾再重新的收拾一下，就是六姐他們無意中讀到時也不致于感到我的寫作太于賴撥。今接安甯信，他又提了一些關于傍門之戀的事，並鼓勵我與鳳子的結合：他說：似乎家庭之阻力並不足以過份注視，封建社會的道德標準已不適用于今日，舊禮教與門閥階級的尊卑觀念實已沒有力量再來束縛這一代的自由幸福，真理擺在面前，不難說服對方，堅強的信心，可以改變固執、遠的事情也不必去想它，主要的還是：「估量、確定、瞭解、填土、舖路、教育。」然而，現在已經不可能了，感謝他這般的關懷指示，可惜已經沒用場了。

三月廿四日禮拜四　八一六三　二月廿五日　晴

彭野牧決意同道赴台，我為他寫了篇自傳，維紳也毅然決然的要去了，誰知事情會這樣的湊巧，他母親自江北趕到，當然無論如何也不准他走，就這樣，維紳走不掉了。

下午至朝天宮，始知張有章家竟出此下策，而叔父無能，嬸嬸又是見錢眼開，目睹各種情形，不勝沉痛，心中積鬱異常，頗想發作一下，不過既而一想，誰叫我們跑反在外的？流亡者根本不配發脾氣的，只有忍了。

在父母處，同五姐二哥包餃子，大吃了一頓，也覺得無限辛酸，若在家，誰在乎這個？

三月廿五日禮拜五　八一六四　二月廿六日　曇

晨，六姐交于旅行袋一隻及三千元去修理拉鍊，留我赴台用。至國貨公司西邊的一家皮鞋店修理，用洋一千五百元。

中飯六姐特備臘肉作為送行，六姐夫的一番話，很使我不安，「為國干城」？我能嚒？

對于書籍等，又整理一番，明午後集中編隊，不卜何時啟行，但希望下個禮拜再走，留個禮拜日，讓我對歌詩班獻出最後的一個精彩節目，以榮耀主的聖名。

三月廿六日禮拜六　八一六五　二月廿七日　陰

下午與野牧去集中等候編隊，傅主任孔道對我特別客氣，已經規定明日一時前于勵志社集中出發乘火車去滬。

以後去朝天宮，父親同二哥都出去了，母親在西間房點眼葯歪著歇了，聽我來了，她老人家起來過東間房來，知道我明天決定走了，很感到傷心，我也忍不住辛酸，幾乎落淚，然而她老人家早就老淚滿面。是的，這次遠去，哪一天又能重見母親慈容。尤其她老人家心窄又極愛我，自己又有了年歲，眼看著小兒子離此遠去，「是不是還能夠見面？」她老人家一再的低吟著，我也就傷心的

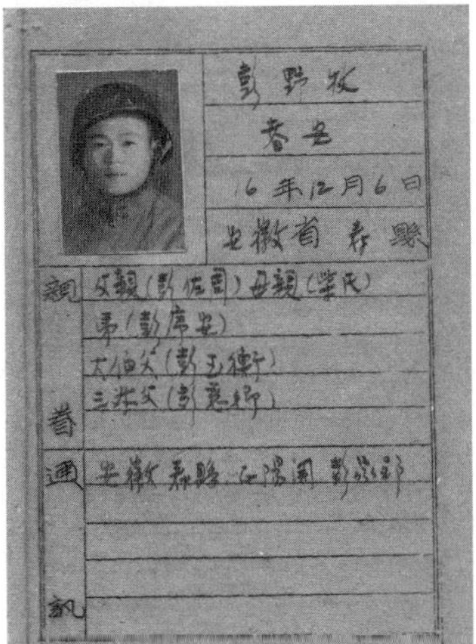

四弟彭野牧。

說不出半句話來安慰她，守著母親，我堅忍著欲墜的淚，寫這日記時，興安雖在旁邊，而我已忍不住要掉淚了，心中酸楚異常，是的，誰願意離開自己的親人呢？誰能沒有這份人子之心呢？誰願意將年老的雙親撇下？誰不知道家庭的可愛？誰不知自私？誰能沒有情感？誰沒有一顆赤子的心？我傷心的寫了這一切，下面的淚已經使我沒辦法寫了，但求上帝憐我，許我再見到雙親的面，不要使我太痛心！我受不了這種剜心的痛傷，上帝！憐我！憐我！憐憫我的肉體上的軟弱，使我清醒一點。主！一切的親人的生命儘交給了你，聽你的安排，如果主你若願意，請將這苦離開我。

更使我傷心的是父親，父親是愛在兒女身上花錢的，可是，他現在眼看著他的兒子走了，卻不能拿出一個錢來給他的兒子用，他老人家的心又該是如何的痛楚？往日，每一個兒女要離開他的時候，他老人家總是滿街去跑著打酒買菜，高興的看著他心愛的孩子吃喝，然而，今天？現在？現在父親落難了，父親窮了，父親要強也要不來了，想在兒女身上花錢也沒的花了，父親蒼老的臉上，一副痛楚的表情我看得出，父親的心，更是怎樣的破碎！

我流了好多的淚，這並不是軟弱，而是濃烈的感情使我自然而然的這麼做，寫到這兒，已是夜深，興安伴著我在燈下，也在掉淚，這更使我感到生離死別之痛，已不僅是成人始可領會，以小小的孩子也引以為苦楚傷懷了。

晚又去浸信會一趟，不免又是一番依依，同三小姐告辭時，也忍不了一番酸心。以外，我不知鳳子回來了沒有，怕明天也沒有機會見她了。願神祝福他們。

在六姐家我一直的先後待了這末久，如今遠別，更是捨不得，尤其六姐又是這般的待我。

五姐希望我去市政府見楊振崙，說他臨走時要送我一點零用，然而，若不提這話，我倒可以去辭行（而且

鄧府巷住家，六姐的長子劉興安（左）、次子劉廣平。（朱西甯 攝）

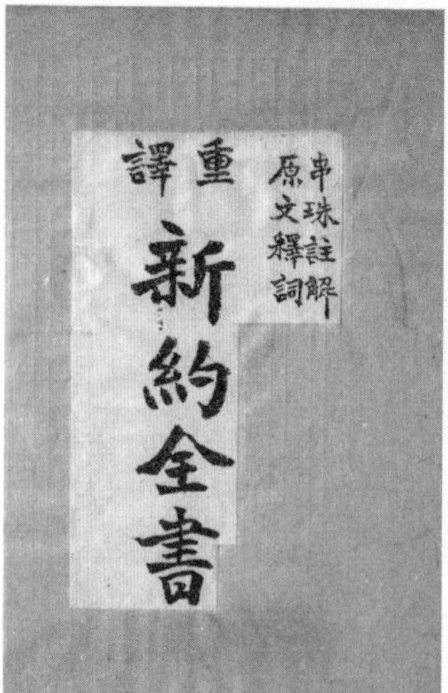

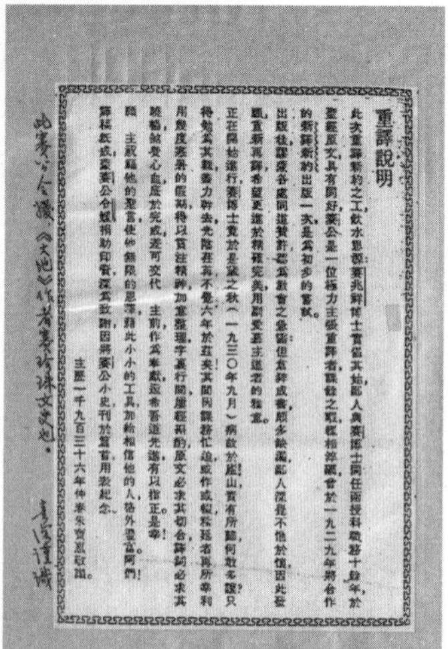

重譯說明

此次重譯新約之工，飲水思源：賽兆祥博士實倡其始，鄙人與賽博士同任函授科歷若十餘年，於聖經原文，具有同好，賽公是一位極力主張重譯者，鼓舞之殷，輒相辯難，曾於一九二九年將合作的新譯新約出版一次，是為初步的嘗試。

出版後，蒙各處同道贊許，認為教會之急需，但直譯成書，頗多缺漏，鄙人深覺不愧於懷，因此發憤，重新再譯，希望更進於精確完美，用副愛慕主道者的雅意。

正在開始進行，賽博士竟於是歲之秋（一九三〇年九月）病故於廬山，實有所歸，何敢多讓？只得勉為其難，盡力幹去，光陰荏苒，不覺六年於茲矣，其間因課務忙迫，或作或輟，遷延者再，所幸利用度寒暑的假期，得以貫注精神，加意整理，字裏行間，屢經斟酌，原文必求其切合，譯詞必求其曉暢，雖費心血，庶於究或差可交代　主前，作為奉獻，並希吾道先進，有以指正，是幸！

願　主藉他的聖言，使他無限的恩澤，藉此小小的工具，加給相信他的人，格外豐富，阿們！

譯稿甚成，蒙賽公令媛捐助印費，深為致謝，因將賽公小史刊於篇首，用表紀念。

主歷一千九百三十六年仲春朱寶惠敬識。

此賽公令媛《大地》作者賽珍珠女史也。　寶惠謹識

叔父朱寶惠，金陵神學院正科第一屆畢業生。之後攻讀神學、哲學、並習希臘文，立志以希臘原文直譯《新約》。1920年起，與賽兆祥牧師（Rev. A.Sydenstricker）合作新譯《新約》全書。賽氏的女兒即《大地》作者賽珍珠（Pearl S. Buck）。賽氏病逝，朱寶惠獨力重譯希臘原文出版，被稱為「一九三六年朱譯本」。

多少應該去一下），不過，為了這個，我不去了，好像為著要一點零用錢才去辭行似的，可是見錢眼開了。

向叔父辭行，他老人家除鼓勵而外，臨行時又為我祈禱了一番，我的心好像安靜多了。

明天走了，要幾時才能回？不敢說，一切託付上帝，唯願大家仍有重聚機會，最好再聚時，一個不少，不過人的願望，也許並不是神的願望。

三月廿七日禮拜日　八一六六　二月廿八日　晴曇

打算來打算去，時間上已不許可去以最後力量獻予聖樂團，心頭好不難過。晨由六姐交于袁幣十元去新街口兌金圓券，兌價是十萬零二百。遂又繞道莫愁路去買那本英譯三民主義，昨日要價二千，還他七百未賣，不意今早再買，卻三千五少一個也不賣，真氣人，倒底賭氣未買。很想順便去朝天宮，但又怕再流淚，再引起母親傷感，雖然很想再去見見母親，終于沒有這份勇氣。折回來買廿隻信封（二百五十元）一個小鏡子（二百元）一支鉛筆帽（五十元）。到家時，正好趕上吃飯。午後興安與玉瑛為我送行，行前，六姐流淚不止，我好容易咽住了淚，怕叫六姐格外難過。出鄧府巷，三番五次幾乎落淚，好容易才忍住。六姐交給我十萬元零用，我深知六姐的近況也相當不好，若不然，她總是盡可能的使我的行色充足，然而，大家處于這種苦難時期，都不得了。

行至逸仙橋，父親適同二哥從東邊過來，原來早就在勵志社等我了。大家一同在籃球場邊閑談了好久，其中尚有野牧。

今天走不成了，聯勤總部因禮拜例假，無法轉撥我們口糧，所以只好明天走了。

又能在南京多耽擱一天，也是幸福。在勵志社剛吃過晚飯，就折回六姐家來，又吃了碗赤豆粥。因天已晚，而且下午打了一個半天的網球，累得很，所以打算明天盡可能到母親那兒走一趟，再看看年高的雙親。

①鄧府巷住家院圃，後左二為六姐朱秀娟。

②鄧府巷住家，立者六姐，坐者六姐夫的大妹劉玉瑛。

③鄧府巷住家，左為外甥劉興安，朱西甯赴台前夕寫日記，興安在旁陪淚。朱西甯將「傾國之戀」交給興安，囑其日後視狀況宜否交給故事中的女主角。（朱西甯 攝）

三月廿八日禮拜一　八一六七　二月廿九日　晴

同維紳為野牧買茶杯，並在各書局轉了轉，本來打算買本英文讀本，所翻閱的幾種，如託爾斯泰小說選、莫泊桑文選、新中國等，都太貴，不願意買，算了。

今天是六姐的生日，六姐要我中午回來吃他的壽麵，我答應了，並且擬備吃過中飯同她去朝天宮一趟。

十時前與維紳趕至勵志社，彭兄正在打籃球，我們談了好久，又打了好久的網球，十一點多鐘維紳去了，我們直等到十三點多鐘，（以上是在勵志社記的）聯勤總部才派人來點名，點過名已不准自由行動了，當然無法再去六姐處，也別想再見見雙親了，心中不免十分憂傷，但也沒法可想。

四時半吃過晚飯就集合出發了，在國府車站等車良久，想到與六姐家相隔只才這麼遠，卻不能去一下，真不勝咫尺天涯之感。

從勵志社出發至登京滬車止，這一個期間，我同野牧談了不少，目前智識青年的不正常的病態，希望這一切，在訓練期都可以糾正過來。

十時十分的夜班快車只留下一節郵車撥給我們，擁擠異常，一夜未曾合眼，怎麼能睡得著呢？前思後慮的想得很多。

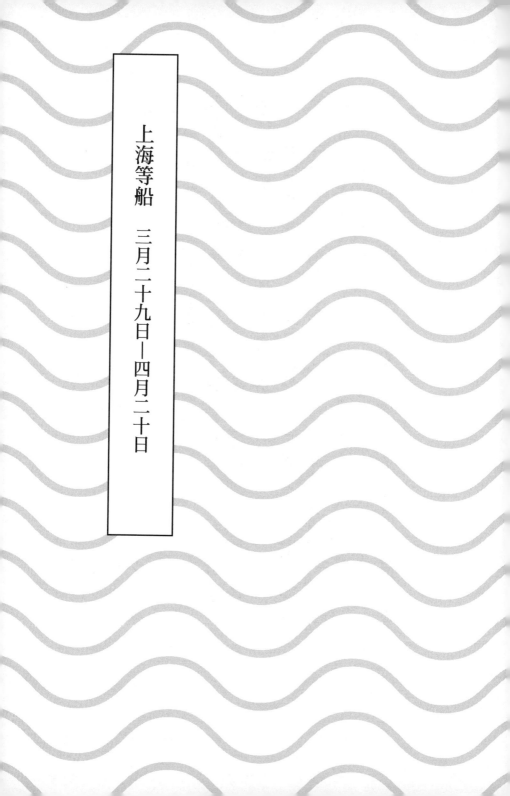

上海等船　三月二十九日—四月二十日

三月廿九日禮拜二　八一六八　三月初一　晴

晨六時一刻抵上北，經聯總辦事處，再往陸訓上海辦事處，休息片刻，因車子未交涉好，只得徒步行至江灣水電路太華葯廠陸訓招待所。此時已十二時左右，大家因一夜未眠，肚子又餓，疲憊不堪，怨語載道，總算接運組的一般人員還好，給我們的吃飯、行李等很多的幫助，副食比在勵志社的好。

吃過飯又熱又疲乏，不便去南市，便躺下來睡午覺，誰知一覺醒來，卻受了涼，混身發寒熱，口渴的很，然而沒有茶，同野牧逛出來，頭昏腦暈，到廁所大便，肚子大瀉，瀉過了，眼花撩亂，心中一陣翻騰，遂把中午吃的飯統統吐了出來，精神也清醒了許多，又回到三樓，蓋上被好好的渥了身汗，又把棉袍穿上，似乎又沒有關係了，野牧端來一碗滾熱的米湯，吃下之後，也就沒有再吃晚飯，夜間倒很舒服的睡了。

三月卅日禮拜三　八一六九　三月初二　曇

同野牧請假去南市，步行至四川北路搭一路電車至南京東路，下車後行至山西路，因肚子已餓，便每人吃了碗甜豆漿，一塊甜燒餅，物價是貴得驚人，就這麼簡單的吃，已是一千二百元。

到八姐家，只有八姐是起來了，其餘均在夢中，慈安怕生，不敢近我，小的叫慈頤，本來我上次寫信來打趣的建議，應該取名慈禧，結果採取了我的意見，不過將禧字換了頤和園的頤字，總算扯上了個關係。

寫信給二哥、六姐、五姐、玉書、維紳、葉星，只簡單的說了點，叫他們放心算了，留著話等至台灣再好好的談談。

八姐又煎了油煎餅予我們吃，吃過

八姐朱秀玲。四姐早逝，戰後八姐嫁給四姐夫葉鎮西，時為吳淞區區長。

之後，野牧寫信，我便在擱（櫊）樓上同八姐談心，將雙親的情況轉告了他。吃過中飯，同野牧去洗澡，又用去二千四百元。出來後赴城隍廟買了瓶堅爾齒牙膏（九百元）一塊固本皂（一千一百五十元）身邊已僅剩七萬五千元了，錢真不經用。

八姐特為我們早下了麵，誰知吃完了麵，天卻下起大雨來，不得不住下，等明早再去。

四姐夫家西廂房三樓，原址為上海南市北石皮弄三十七號。戰後朱西甯偶或在此小住，讀書，畫畫，寫文章。（葉小榕攝）

三月卅一日禮拜四　八一七〇　三月初三　晴

一大早就同野牧起身，辭別了八姐，也未驚動別人，洗過臉就走了，至乍浦路趁一路電車，遇查票者說了些閑話，我們也未理他。

十點鐘吃過飯，稍歇了一會，將昨天換下的衣服洗了，洗完回到樓上休息，誰知又像前天似的發起寒熱來，燒的很厲害，我怕又犯了瘧疾病，晚飯又未吃，一自的睡下去，吃了好多的開水，才發了點汗，我知道，我的病不是起因于著涼或是疲倦過度，而是我日來信心的走向下坡，所以主為著我，又施行了嚴厲的教訓。我堅信，若重新喚起侍主的熱心，我的病一定可以不療而癒。

四月一日禮拜五　八一七一　三月初四　曇

八點集合，由仇泗大隊長談話，作三個解釋，一、船期不定，二、軍人精神，三、今後任務。這人相當會說，一言一語，無不說中青年人的心坎。

中飯後同野牧閑步于阡陌間，葯廠後面有一處私人花園，四株白玉蘭怒放著，使我想到了一些往事，五年前在泰州的橫莊，那時我們的宿舍院子裡，有一株紅玉蘭，又名烏柏，正當盛開的時候，也正是春意正濃的時候，因鬼子的掃蕩，我們戀戀不捨的離開了那兒。今春三番五次的六姐預備去中山陵音樂台前賞玉蘭，終因天氣陰雨不定，至未成行，我臨行前夕，六姐還在打算趁天晴去玩玩，然而我已來不及陪同去玩賞了。而玉蘭花又是代表著鳳子的，這更使我不勝懷念。

同學中好多意志不堅的，已開了小差，晚上有人謠傳我們開往台灣原是補充新兵的，于是眾人譁然不安，議論紛紛，後崔分隊長一再為我們解釋，良久良久，大家才稍微安靜了一些，以先當有人傳出這份謠言的時候，已經有好幾位抱定升官發財主張的同學在打算不幹，野牧問我作何感想，我說：很可笑，也可憐。

四月二日禮拜六　八一七二　三月初五　曇轉大雨

清早向中隊長請假請至明日晚飯前歸隊，已得准假，至中正公園趁電車至外白渡橋下車，天已大雨，跑至八姐家，已形似落湯雞。八姐蒸饅頭，我吃了一個剛出屜的熱饅頭，看了會報紙，身上已感到不大對，這準是瘧疾而無疑了，撐至中飯時已無法支持，八姐照應著我躺下來，混身顫抖異常，矇矓半晌，復又發大熱，旋即大汗如注，襯衣盡濕，迷糊間，尤憶去歲于此處病臥，彼時父親調湯在側，轉瞬間，景物全非，父子今後天涯，思之辛酸何似？人事多變，實難料想，今後又將演變至如何程度，實不敢多想矣。

病去後，吃了一碗半的爛麵條，一杯牛奶，若是在江灣，是不會再吃什麼的了，真所謂在家千日好，出外一時難，甜蜜的還是家庭。

政府方面的和平代表張治中、邵力子、李蒸等已于昨晨十時自南京趁中央航空公司天五號去北平，云當晚即開始進行談判，但不知這次的談判如何，願上帝憐我中華，早賜和平。

四月三日禮拜日　八一七三　三月初六　晴

早晨修了修面，想起頭髮還是二月十二日在八姐這兒剪的，已經五十多天，我的頭髮雖然不算肯長，可是已經滿頂萋萋好似囚犯一般，也不想剪他，一因價錢大驚人，二因到台灣後準要剃禿頭，所以不必多此一舉。

晨由明甥陪同去民國路浸信會堂禮拜，唱詩班的歌聲使我回憶到在南京浸信會時的情景，多虔敬豪華的追憶，趙王小姐瑰麗的歌喉，永遠的繚繞在我的耳畔……，人說年齡越大，追憶越多，這話是有的，不過若說年歲越長，越善懷念這就不見得了，若現實是滿意的，人便不會再拚命的去沉溺在往事的堆子中了，不是嗎？

四月四日禮拜一　八一七四　三月初七　曇

寫信給鳳子，我不願行語間露出太難過的話，只輕描淡寫的說一說胸懷也就算了。

昨晚歸來，心是沉重的，八姐的窘境很使我痛苦，而于痛苦中更夾穕著一些不可言喻的重負，他在極端的困窘中，尤盡其所有為我幫忙，目睹著海上（上海）的窮奢極欲，更增添我的一種忿然的感觸，人是窮不得的，但窮會造成兩種極端的心理，一、由于窮，而發狠今後走往自私的發財的途徑，這種反應，是普遍的、不健康的。二、由于窮，立誓謀取貧苦的群眾的經濟平等，推倒并打擊高度享受的少數特權者。我之因窮而發生的心理嚮應，是包含上者的雙重立場，多半我這是受諸基督精神的薰染所致，不過這種大我的精神并不徹底，所以終久還避免不了一種自私感。若來日我獲得了財勢雙全的高位，我不敢保險不自私，但也不致忘掉貧苦的群眾，人若承認自己不自私，這是一個非邏輯的撒謊，聖經上曾有名言「人若不知愛自己，他不會愛別人的」此語在當時是專向那一般假冒為善的法利賽人而言，然而目前的法利賽人已遍目皆是，很少有人承認自己自私，但大我雖為任何人所稱頌，卻很少有人去實踐，多矛盾的口是心非，誰都避免不了這種做作、太可笑也太可悲了。

如此一日三餐，確也夠寂寞人的，許多年齡較小的孩子整日裡以打架作消遣，宿舍中烏煙瘴氣，笑呀吵呀，鬧個不休，是一種寂寞的取鬧，今天上午有幾位色狂合夥撕一個小同學的褲子，大家都肉慾的笑著，希望在小同學身上發洩點什麼，又似乎要尋得一點什麼明明辦不到的奇蹟。人原是善于而擅長偽裝的，竟有人太過火的假道學，說什麼我們去台灣不要女生同船，這種偽裝似太左傾、太積極，因而非常醒目，令人不習慣于聽聞。由于這種不健全的偽道學，古中國傳下了好多矛盾，明明希望女人放蕩些，然而女人若真是淫蕩，卻又假意的蹙眉嘆曰：「此女人實不該如此污濁。」說是往兒童口中討吉利，却偏偏又寫下「童言無忌」貼在板壁上。若不巧碰到女人撒尿，勢必頓足啐唾大呼霉氣，表示卑視女人的那個，以示己之清白，然而老老實實的說，想看的很，想仔細的欣賞女人已久，只恨無緣。說女人討厭，正是默認女人可愛……總之，說不清講不盡的五花八門，不知這種假道學究竟寫下了多少矛盾的笑話故事，個個都是醜態畢露，花樣百出，人人都認得清這些假戲法，人人却偏偏又愛扮演——如何是了喎！

昨夜同鳳子談了一夜的心，比「傍門之戀」中的甜蜜更甜蜜。然而醒來愁恨仍依然，更添一份想思在心頭。

今天瘧疾未來，精神已大致復原了，感謝上帝。

四月五日禮拜二　八一七五　三月初八寒食節　晴

昨晚特別的想思鳳子，有一種詫異心疼的感觸，多半也是昨午寫信給他的緣故，因為與她相戀以來，這已是第末次寫信給她了！我在思念著她接到這封信之後，將作如何感覺。

本預今天去南市的，因遵中隊長之囑，候聯勤總部來點名，致未成行。然而等了一個上午，也不見個影兒，十一點半由崔分隊長率領去寶山路寶山浴室去洗澡。

這一趟去洗澡，予我以很多的感慨，同學中有不少，均劣根性甚深，一舉一動，一言一語，無不令人深感失望，不過這些惰性不良的份子，終有一日會被新的時代與社會所淘汰。

自到此地，對安寧無時不有所思慮，我這次從軍，對于他是無法交待的，以後該如何寫信給他，我也曾思之再三，終覺無言以對，索性斷絕了信件來往，又感不忍，且等至台灣之後再說了，這已不是目前的問題了。

想起雙親慈容，無時不在痛傷，想父母一生操作勞苦，至此晚年，竟處此苦況，命運之不仁，以至如此，徒喚奈何，即我來日有所發展與成功，恐父母已難在我身上享一點兒福氣了，每念及此，輒太息不已，唯望上蒼，多加雙老以壽數，此乃我之唯一希望。

居此轉瞬近旬，終日徘徊于想思的苦的邊緣，倒不如早日赴台，有一定之操作，尚可釋此念于萬一。近日除窮極無聊讀讀野牧帶來的文言小說余之妻而外，終打不起精神作一點功課，自己也覺不該如此，其奈數日閑散，神思渙散，打不起精神來。人是經不起懶的，一旦懶下來，除掉生活起了特殊的變動，是沒辦法振作起來的。同野牧閑談至目前這種半死的景況，便想到維紳不來也罷，否則，他那種脆弱的意志是經不起這種磨難的，他會比我們更其消沉下去，這是定然的道理。

今晚飯量特增，大概是病後生理上的自然要求的補償，對鏡孤影自賞，已覺形色憔悴，心甚痛之。

四月六日禮拜三　八一七六　三月初九　晴

野牧又去洗澡了，他身上有疥，總想燙個痛快。他去後，我睡了個午覺，就到河邊去曬太陽，讀聖經，今天把彼得前書及後書全都讀完了，明兒再繼續的讀雅歌書。

前天就預去南市的，因聞聯勤總部要來點名，致未成行，昨天又因洗澡又未成行，今天早上一蹉跎，又晚了。

寫信給圻侄鐘甥，他們接信後，一定感到非常興奮。

來滬後，今日首次輪到公差掃地，野牧說：管他了，玩玩去！其實這種態度是不該再有的，我們現在不該再存著那種士大夫的優越感。

四月七日禮拜四　八一七七　三月初十　曇晴

今天預去南市，不意因採買而又終止，且團長又來訓話，所以不便去，打算明天非去一趟不可。

團長這個人氣貌不揚，但口才卻是相當令人傾服的，人也很幽默，今天來講了一番話，給我們不少愉快，茲節錄于後：

在我未向大家談話之前，我希望彼此間要信任、要了解，不要相互懷疑，我今天向大家所說的，完全是實話，我不欺騙你們，這是我第一次同大家談話，若有一處不兌現的，那末今後一年之中與同學們相處，我是相當難過的，因為大家已不再相信我，以後不管是訓練還是作戰，我在你們面前，已經無法抬頭，你們也一定拿我當作一個大騙子，所以我既然向各位說老實話，大家也要信任我，否則，我的話祇等于放屁，連個臭味也沒有。

今日社會矛盾之處，太多。先就說是高調吧，人人都會唱一齣，所謂高調人人會唱，各有巧妙不同，你們也會唱，我也會唱，然而高調是高調，事實還是事實。當抗戰進入第二階段期間，最高統帥便發出了號令：「訓練重于作戰」，此話誠然，也為識者所一致擁護，可是，目前的情形已不復如此，雖然「訓練重于作戰」的口號還是叫得那末響亮，可是事實擺在眼前，已經與高調大相抵觸，我們可以借一個例子來證明：山西太原在閻老頭子的領導下，被困年餘，共黨奈何不得于他，可是他們需要食糧、彈葯、衣服、被褥，在狹小的地區中，已經絕對無法自給，這便不得不有賴于江南的政府予以救濟。另一方面，孫立人司令官在台灣訓練新軍，且不管這些新軍將來有何作用，但對于國家只有益而無害。因為訓練的新軍不屬于個人、不屬于黨派，只屬于國家，那末這一支新生的力量，無疑使祖國會得到很大的利益。可是訓練新軍，也照樣的需要糧食、彈葯、衣服、被褥。現在閻孫兩位同時進京向李代總統要求補給，那末，很顯然的，太原的求援，在總統看來是重于台灣的需要，就以我說，我如果是李代總統的話，我也必會先設法解決太原的告急，而把台灣的需要暫時放在一邊，等等再說。這是事實，而這事整個的推翻了非常合理的高調，而一反成為「作戰勝于訓練」。今日中國的矛盾，諸如此類已數不勝數，大家在這種社會中習慣了，便很自然的將矛盾定為邏輯，所以這些怪事，在普遍的國人看來，已經司空見慣，無所非議，所以我今天在此所說的老實話，大家可能習慣的不予置信，這種現象是不足怪的，也不能怪你們。不過最近的未來，我的話就會臨到考驗，到那時再請大家給我的人格打一下分數。

我今日特的趕來同大家談的，就是大家，以致于我本人日夜所思慮問題：「什麼時候去台灣？」或者更神經的問：「我們究竟還去不去台灣？」我的唯一的確切的答覆是：「什麼時候去台灣？日子我不敢說，但保證有船必走，」也許更有人要問，「那末若是沒有船，我們難不成就留在上海？」這話就太天真了，不會沒有船的，我相信。不過在這裡我還要向大家解釋一下，為什麼自從大家來上海之後，為什麼曾有兩次去台灣的船，一次讓軍官隊走了，一次讓比我們後到上海的女孩子走了？在還未解釋之前，我還要向大家判別一下我現在與同學們的關係，上一批的智識青年的招收也是由我在京滬一帶主持的，可是那個時候，我只等于做一個奶媽，我招收了這一批青年，奉命送至台灣受訓，可是不是我的，也就是說，上一次我只管招收，不管訓練，然而這一次不同了，這一次招來的智識青年已經奉令由我至台灣主持訓練，也就是說，今後我將負起這一個重擔，與大家最低限度要相處一年之久，今後更將在戰場上與大家并肩作戰，所以現在我同大家的關係，已不可與上一次的青年相比，這是大家必須了解的，也必須了解，我對于大家的愛惜是真是假，大家都是智識青年，不必我再事強調，大家必會有所判斷。現在談到本題：自你們到了上海之後不只五天，就有一艘一二〇的登陸艇開往基隆，因艙位不夠我們用的，只好讓軍官隊先走了，我想大家不致于有意見的，這一次又有往基隆的船，明後天即將開出，港口司令部已經給我們通知了，我接到這個通知之後，曾頗費一番思慮，現在急于去台灣的是女生與你們，還是讓你們先走，還是讓女生先走，還是各走一部份，結果我決定讓那些女孩子先走，大家一定對我這種措施深表不滿，不過讓我向大家解釋一下，這原因有二：一、這群女孩子是一股禍水，你們想想，二百多的女人住在那兒，該有多少人想她們的心事，整日裡麻煩極了，而且她們到台灣之後，歸入政工大隊、護士大隊，而不是由于我來訓練，因此，我就沒有疼熱的把她們這股禍水順著東海淌去吧！到台灣後，是好是歹，不關我的事。二、我這次的招訓，部下的一般幹部全是現拉了來的，在台灣，我沒有班底，不像上一批的智識青年，事先台灣已有設備等候他們，可是我們到台灣之後，問題可就多了，給養、服裝、行李等都要現交涉，你們對于現在政府各機關的公事必有相當了解，要這個處長蓋印，那個主任批准，要這個科長加印，那個科員簽字，層層疊疊，不勝其煩，等到上方的印蓋滿了，我們的性命也許早就危險了，台灣終年是不斷有蚊子，吭得人睡不著覺，沒有蚊帳，我們是沒有辦法過下去的。台灣的氣候太熱，你們現在都是穿呢子的、棉的，到那兒一天也不能過，除非光著屁股，所以你們的單制服是不可少的。台灣的氣候既熱，太陽的強烈，不待言了，那末光著頭是要被曬暈了的，帶布帽子，一會兒就會汗濕，帶鋼盔更受不了，所以每人必須有一頂斗笠不可。以外，剪頭洗澡等也都是先決條件，以外如軍毯、鞋襪、日用品，都必須當我們一登陸就須解決，可是若等到我們到了台灣之後，等層層疊疊的印章蓋滿之後，我們的日子怎麼挨得了，所以你們寧可在此地多等幾天，我已派人去台為我們準備一切，一俟大家抵台後，就不會遭遇到這些苦痛，而可以坐享其成，這兩種原因，大家必可諒解我這一番措施的初衷。

我深知大家急欲去台，這是一種非常合理的要求，大家待在這兒，心神不定，蹲在家裡悶的慌，出去看著金迷紙醉的上海又氣的慌，身邊沒有錢，萬事行不通，就說是坐電車不要錢吧，可是買票員的那種輕蔑的神情，也夠我們痛苦的了，不如早早的到了台灣，該怎麼樣也有了個定規，免得吊在這兒，上不上、下不下，日子實在難過，我深深的體味出大家的苦惱，所以對于大家的去台灣，我無時不是也在

掛心，如今歸根結底的說，十號至十五號內定可成行，這是我的保證，請大家相信……（以外閑話省略）

四月八號禮拜五　八一七八　三月十一日　晴

今天也未請假，早上點過名就到南市去了，在那兒寫了兩封信，一封給五姐、一封給伍乾霖，并于堅兄信內埘言于星，約其禮拜日于南市碰頭。另讀圻兒來信，云彼將于日內從青島調滬，再轉道去台。

糊了廿六個信封，八姐送了兩包愛而近、一個煙匣、一把小剪刀，及布線等物，均為今後之必需品。特提早吃飯，吃了四張煎餅、兩棵大蒜、醃白菜、辣椒醬，純粹家鄉風味，吃的津津有味。離開八姐家，已經是六點半，八姐、慈安及明甥送我至廣福寺，堅約我禮拜天同野牧來玩。時間已經不早，飛步跑到北四川路始趁車，抵中正公園，天已黑透了，明月當空，路無一人，而狂風大作，及抵太華葯廠，鐵門已鎖，敲門久久，未有人應，急切間惶惑不已，良久，始有一北平女孩行經門旁，我以京話招呼，她給我開了門，幸而她救了我這個危難，否則，真不可想了，因今天是偷偷出來而未告假的，所以不敢大聲叫門，免得觸霉頭不是好玩的。所以對于她一再致謝。這女孩約十四五歲，非常可人，是陸訓上海辦事處處長的妹妹，一口京片子，悅耳受聽，舉動頗似賀錦秀。我曾同野牧閑談過，這孩子應該是賀錦秀的女兒才對，野牧頷首笑答：言之頗恰。

四月九號禮拜六　八一七九　三月十二日　晴

飯量突增，非三碗半不成，較來時已增碗半，別的倒沒有進步，倒是成了飯桶。

寫了一些「未亡人」，本來擬定名為「舊并新酒」的。

晚飯後小明來此，他說二舅已于今晨來了，他特來約我明早去南市的，只是路遠，他已不便回去了，在這兒住一夜倒不成問題，只是晚飯無法解決了，他說一晚上不吃，也沒有關係，也只好這麼委屈他了。

四月十號禮拜日　八一八〇　三月十三日　曇

晨與明甥步行至南市，跑了一個半鐘點，明甥到家就先泡了一碗飯扒下去了，他是餓透了。

二哥還沒起身，他現在也非常困窘，身邊窮的要死，將僅有的五千塊錢同我到小菜場去買了五條黃魚，二哥很愛吃黃魚，我就沒有那末大的興趣。

八姐同我談到二叔的不悌，忿恨不已，其實我當初也是如此，氣憤填膺，怒火難止，然而一切留給上帝判處吧！

吃過中飯，又糊了十個信封，本擬不歸隊的，因未請假，故不該放肆，八姐抱著慈安送我好遠，我們幾乎要掉下淚來，他因困窘而未能如願的幫我的忙，因而痛苦非凡，我也因目睹彼之窘況，內心也深為憂傷。從南京路登電車，省了不少的跋涉，然歸隊時，飯已開過，同小明一樣的挨了一晚上的餓。

今天隊中發下戲票卅二張，我因要去南市會二哥，所以放棄了這個權利，野牧去看的，是美琪戲院的「羅賓漢」。

四月十一號禮拜一　八一八一　三月十四日　晴和

晨餐後偕野牧去南市，坐談良久，又為明甥繪水彩一幅。二哥昨日午後去討賬未回。星甥來信，團長未准其假，故未克返滬。

下午回來，發餉八千三百元，野牧說這是賣身錢，其實是誤解。

讀新中國畫報中之「中國革命的悲劇」，甚有意義，特抄錄于日記之末頁，以便仔細研究。

四月十二號禮拜二　八一八二　三月十五日　曇

連長報告，我們的行期已決定于十五號之前，大家欣慰異常，晨飯後與野牧去南市，買了一斤餅乾（八千八百元）一條高樂（四千元）兩個人的錢已經所剩無幾。二哥去信給五姐，我也附了封信。并在高云九信中坿言問候。十二時返，八姐及二哥送出來，八姐眼淚汪汪，我又重新的嚐受了一次別離之痛。

天增鐘兒已于昨晚自青島開抵上海，其目的尚未定，致行動不便，彼此次南調，顯係增援江防。

和平氣氛濃厚，中共態度似稍緩和，中共電台曾云：「你們的老先生如于右任先生為什麼不到北平來看看？」因此，李宗仁已邀于老赴平一行，聞于右任、張群、吳忠信（總統府祕書）已決定日內赴平。又傳中共當局已令前線停止進攻，但祈上帝憐我中國，俾和平早日實現，拯我百姓于火坑。

四月十三號禮拜三　八一八三　三月十六日　晴

昨晚寫一長信給玉書、崇禧、維紳，申述我之參軍動機，希望他們別以習慣的眼光認為我是一個盲從的蠢漢，因為我并不想參加內戰死在自家弟兄的彈下，而是眼看著另一關乎民族存亡問題的戰爭——第三次世界大戰。中國怕不容易躲避掉這一股洪流的漩窩。

又寫了封信給六姐，打算在去台灣之前，不再去信到南京了，并且不想再去南市，免得再嚐一次的「灑淚揮別」。

中午與野牧在池畔曬太陽談閑心，回來後看了兩個電學問題就矇矓入睡了，醒來讀完了雅各書及希伯來書第一章。

昨與野牧歸來，于中正公園四川北路處見到電影明星壞蛋洪警鈴，看樣子不怎麼得意，一身魚肚白的長衫已經落色落得不成樣。

我們的第二中隊又來了好多「後生」，其中有一個混血兒，聽說他母親是中英合種，他這算是第二代混血兒了。

四月十四日禮拜四　八一八四　三月十七日　晴

昨日野牧賣了條灰軍毯，二萬九千五，他喉嚨發炎，今早陪他去北四川路第四市立醫院初診，掛號四百元，診過後，他拿著葯方去配葯處配方，開口要了三萬元，他賭氣不買葯了，陪他走出來逛了一會馬路，他買了雙短統襪（七千元）以後他請我去洗澡，在我是最怕洗澡的，而且也不需要，所以謝辭了，我獨個兒回來，買了一千元的奶油桂皮豆，嚼著走著，天熱起來，春意特別懶人，好容易挨上了樓，再也不想動了，睡了一覺，醒來已是開飯的時候，吃過飯同劉應才、宋紹福、郭超等閑步于舍西之阡陌間，劉、宋兩人都很好，劉做事很負責任，心地也甚佳，宋是山東泰安人，為人甚忠實熱誠。

我們十五號之前之行，恐又形告吹，去留既不能如己意，我也就不甚關心了。我還想趁這未走之前的優閑時間，把「未亡人」寫成。

江北各橋頭堡共軍均作北撤，不知是否因停戰令生效還是另有企圖。

晚同野牧深談甚晏，我們交換了彼此的故事，相互間又獲得了較多的了解，他曾有一個類似覺慧與鳴風的淒涼的故事，那女孩子服毒死了，對于他當然是一個不小的刺激，他有意要寫下那篇淚史，我不單是鼓勵他，而且冒然的願負領導他寫作的任務。

今天是我在團體中開始活動的一天，我很愉快。

四月十五日禮拜五　八一八五　三月十八日　晴　晨有霧

在清晨的濃霧中，我坐在河畔，遠遠的有裝甲兵司令部的音樂播音，我放下了英文字典，沉醉在悠揚的樂聲中，奇怪，音樂總會給我帶來無窮的蒼涼悲傷之感……我的靈感忽的來了，我要寫一篇「煙蒂」，一篇像音樂那樣蒼涼悲傷的故事。

和談在順利進行中，隔江分治問題須再續商，于今午飛平。

睡午覺也會做這些想思夢，做夢心頭想，這話是有的。

晚飯後與楊親仁、盧大明、劉應才、郭超、野牧一行六人往東逛，無意中發現一處花園，門是虛掩著，我們推門進去，裡面是一條幽徑，兩旁的碧桃、紅玉蘭、海棠（林檎）櫻桃都在怒放著，鮮豔之極，彎了個彎子，一顆雲杉後面，是一處魚池，傍有假山豎立，及石鼓石桌，飲酒賞月，這該是一個理想的境界，再轉過去，是竹林，竹園的邊緣，設計得特別的別出心裁，用啤酒瓶倒插并立，猛看去，像發光的紫竹根，向右轉，另是一處天地，這兒全是盆景、花盆的式樣，都帶著古色古香的情調，四圍楓葉茂盛，若是秋深，這兒又該是如火似荼的情緻了。一座小平房，有鐵梯通上去，上面是屋頂花園，木香下垂，又是一種情調。平房前是竹結的葡萄架，下面排著石鼓，夏天是個避暑乘涼的佳地……我們流連這兒，不忍他去，相互慶賀這一次無意中的收穫，正要走時，花叢中走出一個傴僂老嫗，很慈祥的探問我們，我們走出來時，老嫗已將鐵門從內上了鎖，隔著高牆，我們仍不時的回顧園中景色。在歸途中，野牧嘻笑的從口袋中掏出我那本聖經，展開時，我才發現他採了好多的楓葉、玉蘭花瓣等夾在其中，我笑道：「我的聖經竟做了你的窩贓了！」

四月十六日禮拜六　八一八六　三月十九日　晴

睡了一天，晚與楊親仁、盧大明、張錦文、宋紹福、嚴定華、劉應才、祁德駼等一行八人，除重又至昨日所遊之花園流連再三外，又赴隔河之光裕山堂憑弔一番，斜陽古墓，又是一番淒涼情景，這兒多半是西洋式的葬禮，好多墓碑是撰用英文的，也有些是西洋人，我又學會了英文墓碑碑文的方式，特錄之于後：

In Living memory of my dear baby Johnstion Born in may 16th 1920 Died in July 21th 1921 Aged 1 year

In Living Memory of our Beloved sister (name) Born in November 10th, 1935.

Died in April 5th, 1947

Aged 13 years

Wirthin Living Memory of Our dear father (name) Born in 24th, march, 1850.

Died in 28th January, 1925

Aged 75 years

有些都是很令人傷心的：Our kind mother, my beloved daughter，這好像比什麼「先慈某……」「亡女某某……」又親切感情得多。

隊中選派代表六人往團部請示行期，擬答覆十五號之船已撥予裝甲兵用，剩候船去台的尚有裝甲兵、第六軍及我們，故行期遙遙，不知為何日。

夜夢接鳳子覆函，語間頗多挑逗與諷嘲，醒後尤記憶數語：知道你現在有政工隊護士隊的女友不少，但願你有美滿的成功，我是不用你關懷的，而且我也受不了你那番熱情，只望你多多自愛，故人的顏色已經模糊了，也褪了疇昔的紅顏，你獲得了我也會感到大失所望的。別那麼傻，修道院的清規你能受得了？我有什麼可以值得你為我犧牲的？……醒來回憶再再，甚覺鬱悶，極力再想重回夢境好好的讀一讀他的信，可是，再也睡不著了，惺忪的望著窗外的星空，徘徊在夢的邊緣之外，心像浸在苦液中，三年半以來的相戀，這還是最痛苦的一次，為什麼這幾天會這般的苦思呢？鳳子，我恨你太捉弄人，你該給我來封信才對，也許你以為我早就走了，然而，我仍然的臥在太華葯廠三樓上為你痛苦。

四月十七日禮拜日　八一八七　三月廿日　雨

本預今天去南市的，不幸天雨，去南市別無所圖，擬取一厚冊留作寫作之用，天雨既不得去，只有待天晴再說了。

本來輪到優待洗澡的，天雨，且又怕跑路，終于放棄權利了，在家躺著看聊齋誌異，中有「狐諧」一文，甚感興趣。

郵信加價了，加了百分之一千五，信也寫不起了，聽說袁幣已經漲至廿萬，可怕！

四月十八日禮拜一　八一八八　三月廿一日　雨

楊親仁是個藝術愛好者，同他很能談的來，不過他對于音樂的欣賞，其興旨與我稍異。

劉應才、彭正懷、繆綸等發起創辦壁報，約我寫稿，打算好好的想個題材，明天開始寫。

繆綸
唯博
19年1月4日
安徽省桐城縣

親眷	祖父壽彭 祖母王氏
	父親秉文(靜仁) 母親潘氏
	叔父秉彝(靜誠) 嬸母王氏
	姑母(王繆伯華). 四姑(王繆仲華)
	五姑(李繆季華). 弟(慈生.鈞友)
通訊	安徽桐城東門內陸家井三號交(祖父)
	安徽桐城南門城內李庚大號交(五姑)
	台北潮州街空軍住宅第一村號轉交(大姑)
	裝甲兵旅卅七大隊本部中隊交(本人)

結拜兄弟老六繆綸。

四月十九日禮拜二　八一八九　三月廿二日　曇

本打算今天去南市，因晚上須交稿，所以留在家寫了篇論文〈矛盾中的選擇〉，筆名用諸葛海，楊親仁讀過之後，異常欣賞，我們散步在田野中，相互的親切的談了很多，我們的個性非常相似，因此，我們得了很大的相互間的了解。

又每人發給了一萬元，可是夠幹什麼的？一封信就是一千五百元。

據說後天決定登輪了，這次又不知可否可靠。

明天決定去南市一下，拿一個本子，并解決便紙問題，順便把提包帶去，將拉鍊修理一下。

四月廿日禮拜三　八一九〇　三月廿三日　晴

今天免費看戲，因去南市，故而放棄權利。（以下在基隆補記）

今天我才傻氣呢，從佈告欄上撕了張十行紙去大便，大便時是最好的沉思的機會，忽然覺得必須去一趟南市，提著提包從特務長那兒領了一萬元，興匆匆的去了，然而天熱人懶，越走越沒勁，去到四川北路市立第四醫院，忽的不想去了，去作什麼呢？既怕徒然的一番傷心，又怕屢去屢停，給人見笑，實在這也并不見得是具體原因，總之，我忽的打消了去南市的念頭，回來時，在中正公園門前買了隻甘蔗咂著回來，越想越覺得好笑，我多麼神經啊！

明天決定走了，今晚又每人發給銀圓二毛五，折金圓券五萬四千五百元，晚同蔣伯秋去四川北路買了點零用東西，半斤餅乾、一把牙刷、一瓶牙膏、一條香煙（準備到台灣後未發薪水之前，賣去作個零用）回來時，已黑天了，野牧出去賣被子還沒回來，他被子賣了五萬元，他買了塊肥皂，對于我代他所購物，尚感滿意，他現在跟我處的更近了，所以我更其真實的同他推誠相見，一點也不客氣，更談不到虛偽。

船上　四月二十一日—四月二十三日

四月廿一日禮拜四　八一九一　三月廿四日　晴

清晨五時半起身，六時用早飯，七時步行往黃浦碼頭。天氣轉熱，行至廣東路黃浦碼頭，已經近午。營長訓話半晌，始知此次港口司令部僅給二百船艙，團長決定除我們第二中隊必須趁這班船去台外，（二中隊約一百卅餘人）又命第四中隊（一百五十八人）合併同行。

這是我第一次的遠航，望著碩大高聳的海吉（HAI CHI）輪船頭時，我不禁的感到興奮與害怕。

上船的行列本由我們第二中隊排雙行很秩序的登梯，不意半途中殺出了程咬金，第四中隊毫無規矩的搶登輪，扶梯之上為堵，營長大發脾氣，并命令第二中隊停止行動，由第四中隊先行，因為這一點點的賞罰不明，遂造成了二四兩中隊同學間的意見紛歧，以最客觀的看法，也無法消弭彼此間的派別劃分，這全是營長的未能察清事實，因而措施失當。

在船上用晚飯，因為燒飯鍋只有一個汽灶，不得不輪流先後的分開用，連長本命由第二中隊第一區隊吃下去，可是第四中隊的同學怨聲載道，說是孫連長偏心了。我們二中隊以為先吃後吃無所謂，所以讓他們先開飯了，讓雖讓了，可是二中隊的同學心中總不大痛快。

船是五點開行的，聽說卅六小時始可抵基隆。終於別了，別了這十里洋場令人憎惡的東方大都會。在抗戰勝利之前，我們這樣的飄洋過海的去台灣，總算出國走外洋了。（以下在台南）

第四中隊的同學的確也過份了一點，上船時，行李與食米原由同學派公差抬上來的，他們一個也不派出，全由二中隊同學辛辛苦苦的搬上來。本來港口司令部分配給我們的艙位是艙底的三間，四中隊因為下面太熱，不肯委屈，個個都在甲板上披襟當風，甲板上已不能再容下我們，我們只好在地獄似的艙底下忍受著汗流夾背不透氣的悶熱，誰知入夜之後，甲板上的海風尖銳，他們受不了，要下來住，或者要我們分被子到上面去給他們用，可是我們每班十三人只有八床被，而且同學們又一肚子的不高興，鬧了老半天，終于每班抽出三條被子，二中隊的同學不平已至極點，但總算忍讓了，以最能涵養的我，也覺得氣憤填膺。

五點半開船，我站在甲板上，以沉重的心情，目送著大陸慢慢的丟到水平線那一面去了，別了，何日再回到這塊可愛的泥土？

四月廿二日禮拜五　八一九二　三月廿五日　霧雨

清晨醒來，船身已見搖動，走上甲板，只見水天相連，海水是綠的，綠得發硬，白色浪花像肥皂的泡沫，瘋狂的竄上竄下，東面濃霧中，有零星的島嶼，據說是舟山群島。

我們沒有航海的經驗，買了些餅乾帶著，其實在晃動的船上，一點也不想吃甜的，只想多吃點鹹的煞一煞胃液的翻騰，這時最想吃的就是油大餅醬小菜，早知如此，則準備攜帶的食品，既可經濟、又宜受用。

憑欄眺望，不盡懷念萬端，漸漸的感到一些輕微的痛楚。

四月廿三日禮拜六　八一九三　三月廿六日　晴

夜來船身晃動的很厲害，好多同學已嘔吐狼藉，天亮時，聽說天晴了，大家都爭著上甲板看日出，我也想不放棄這個機會的，誰知精神不濟，支持不起來，至開早飯時，始撐著起來，吃了碗燙飯，嚼了些炸菜，到很覺剋得住，昨天的副食是每人一塊豆滷與五六根蘿蔔乾，今天換了口味，非常可口。

天晴起來，萬里無雲，海面一望無際，海水作深藍色，白鷗與浪花，相映成趣，有幾隻小魚船飄在海上，我們看到那種在狂浪瘋濤中掙扎的情景，不禁的為他們捏一把冷汗。

今天到暈起船來了，伏在船欄上一點也不敢動，心中陣陣的翻騰，所好未嘔吐。船過涼山，已入于平靜狀態，當我們看見基隆港外的和平島社寮島時，大家好像頓時清醒了，極其興奮的鼓手跳躍。氣候漸漸的暖了，甲板上雖然有風，卻非脫去絨線衣不可，比起上海的氣候，相差得很遠。

進入基隆港，我們好像到了另一個國度中，高山峻嶺，蒼松翠柏，一切房舍、街道、建築等都與大陸上的風光迴然不同，靠碼頭時，已是四點鐘，岸上來去的台胞，依舊帶著扶桑的作風，他們比內地的人民有精神，我感到他們非常可愛，我們的腐衰的民族中，有這新生的一元，我們的確要好好的去培養愛護他，可是同學中有好多無知下流的東西，看見台灣女人就猖狂的拍手叫笑，意頗邪狎，多麼可恨的東西，以往台灣在陳儀治下所以搞得亂七八糟以致引起暴動反抗的緣故，還不都是被這一類敗類搞壞了的，想起來真令人痛心。

因我們登陸的人數超出港口司令部的規定，所以不准登陸，按入境手續重新辦完後，始可上岸，因此，今夜只好再在船上受一夜。

在船頭上同楊親仁、嚴定華等直談至十一時許，用過夜飯後，寫了篇日記，就在船纜上睏著了，也覺不得睡的舒服不舒服，實在因為這兩天在船上沒有好好的睡。

抵台基隆港　四月二十四日

四月廿四日禮拜日　八一九四　三月廿七日　晴

一覺醒來，已是五時許，肚子壞了，想是日來生水喝多了的緣故，因為馬上要集合，所以倉促的在船首瀉過之後，又倉促的下船整隊上火車，我們第一區隊七八人與連部官兵分得一輛「鮮貨車」，倒還不太擁擠，車是六點廿五開的，鐵道是雙軌，所以小站只停一分鐘，大站五分鐘，決沒有內地慢車那樣一候就候上一兩小時。而且站與站之間的距離之短，（頗像京市城內的小火車）可見台灣的普遍的交通是如何的借重于火車。這裡的火車與內地也不同，車廂沒有什麼漂亮的，機車的形狀更異，只有一個沙蓋、汽鍋是方的，也很小。沿途一片亞熱帶的風光，愈往南來愈是分明，蔗田、香蕉園、棕櫚、椰樹以及一切我們根本沒見過也不（知）其名的樹木與莊稼，這兒的稻子已經半尺許，在內地還早著呢，五月節不過才開始插秧。台灣的農人據說生活水準已降低于勝利之前了，很令人感到歉懷與難堪，不過比起內地的農民一定又是大巫小巫，單只看他們的服裝，就絕沒有內地農民那般的千補百納的襤褸樣兒。台灣的女人因受內地的奢侈風尚所及，據說他們以前不是這般愛裝飾的。在車站上我們看到好多的女人打扮得花枝招展，不過有些不倫不類，他們大多都不注意「足下」修飾的，想也是因為環境生活所限，故而他們多數都是「赤足大仙」，內地的男人也來不了，赤著腳在灼熱的砂石上奔跑。他們這兒的學生更是保持著日本人的風度，只不過由日本式的軍帽改為太陽帽而已。他們較小的，國語已說得很受聽，即普通的小販也可以用國語要價還價的對付得過的去。車上一部份的同車，每到一站必搶購香蕉、西瓜、甘蔗以及台灣的麵點等，我們措大是不作這般妄想的。

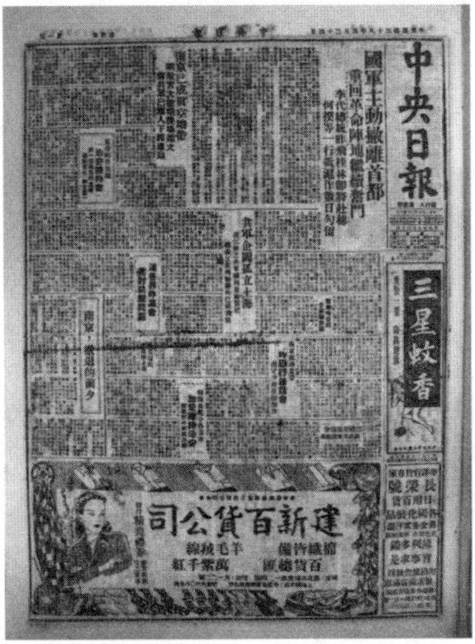

於基隆港抵台，火車路經台北，月台買報，頭條是南京撤守。

一個多麼令人驚訝與神傷的悸人消息：車經台北，有同學下車買了份報紙，第一個首要的大標題：「國軍主動撤離首都，重回革命陣線繼續奮鬥」，是廿三號撤退的，李宗仁、何應欽等已分別飛桂林與上海，大教場機場，國防部等處已先後起火，軍警憲一律撤走，廿三號下午南京進入真空狀態，共軍尚未入城，傳吳貽芳（金女大校長）等已出面組織人民維持會，等待中共入城。

想到父母等這個時候的苦惱與不安，真令人憂鬱沉痛！誰又料到時局會轉變得這麼快，至今隔海天涯，怎不叫人不勝苦楚，今後的相聚，實在已不敢再去想了，尤其消息的長期隔絕，更增添相互間的掛慮焦灼，真是我心頭上一個大大的鬱結與創傷，我忽然的感到了生之乏味，極其傷感的消極了，上帝哪！我深深的體會到祢的旨意與教訓，父阿，憐祐我吧！一個孤苦無望的孩子的命運已完全的交託與你了，我的親人也交託與你了，求你慈愛憐憫，擦去我們的淚，使我們在苦難的磨煉中，益發增添我們的信心！

今後父母的生活將如何維持，五姐六姐是否還有力量養活老人家？叔父一家又將如何的生活下去？玉書維紳現在又該是如何的張皇失措？我的鳳子啊，想不到就

左二為金陵女大校長吳貽芳。

這麼訣別了，再見時又是怎等樣的情景，這一切，我都不願再去想他了。鬱鬱的一天，鬱鬱的睡去，只求上帝多多垂憐！

晚五時半抵台南市，車站上已有陸訓的同學整隊歡迎，熱情洋溢，感人至勝，由他們為我們接過行李，一路上歡洽探問，我忘了車上的憂慮，一陣陣青年活力衝動著興高采烈的情緒，至營房時，已經天黑，只覺得營房巍然龐碩，看不出其他。一餐晚飯，吃的是觚子，味頗鮮美。飯後整隊至營外游泳池洗澡，冷水浴在內地這個時候還辦不到的，可是這兒已全然是夏季的氣候了。

天黑，路生，跌了兩交，有一位同學不幸腿骨跌斷，已送醫院療治去了。洗過澡上床，蚊帳未領下來，蚊子特多，雖然幾日來的疲倦，也很難睡的安，因此，今日的創痛，又在心中來復的重溫著，痛傷奚似！

台南旭町營房　四月二十五日—九月二十日

入駐台南旭町營房，剃光頭。

台南旭町營房，今之成功大學光復校區。
入伍生日常操課赤膊赤腳，紅短褲，戴斗笠。

1949年10月，自台南遷營至高雄鳳山，小兵隸屬於陸軍官校第四軍官訓練班入伍生總隊三團二連。

四月廿五日禮拜一　八一九五　三月廿三八日　晴

疲乏尚未回復，天已亮了，又以沉重心情，開始了今天的生活。

頭髮是剃光了，當然有點依依之感，留了綹黑髮，作為這次入營的紀念。其實剃過光頭之後，真的便利舒服得多，不過兔頭蛇眼的不雅觀，每個人都減去了一份姿色。

目睹著前幾期的同學在烈日下受著嚴格的訓練，很有些害怕，我只擔心自己的身體，但我的意志是堅固不渝的。

晚飯後，又是冷水浴一番，蚊帳領下來了，十三個人睡一頂大蚊帳，倒不太擁擠，沒有蚊子釘，就睡的舒服得多了。

隊已整編好，同野牧分開了。我們現在是在生活訓練中，聞五月一號即開始正式教練，日子也不長遠了，讓苦的擔子在脆弱的肩頭負起吧！

四月廿六日禮拜二　八一九六　三月廿九日　晴

洗衣服是相當累人的工作，天熱汗多，不洗也不成，以後教練開始，可以赤膊，背心襪子都可以不穿，當然洗起衣服來也就省事得多。

早點名之後，練習短程跑步，到（倒）不太累人，只是有些感到換不過氣來。在我後面的是一個非常肥胖的大塊頭，跑起步來可就慘了，其氣若牛喘，給附近的人帶來一種「落伍的可憐」的感覺。

再是有著堅強的意志，可是對于自己這一次的命運的打賭不能不有所嘆惜，我素來是不會賭博的，然而這次的孤注，在無可奈何之下擲出了，可是心內似有所失，而且也知道合乎理想的補償也太渺茫空幻，我老早就為自己的天才叫屈了，然而以前總還可以盡可能的來補償，如今，望著飄忽得難以捉摸的前程，除了格外的叫屈之外，更無法予以補償了，因此，在時間的空間中，我往往墜入了錯襍的幻想中，也因此，由幻想而生出敏感，由敏感而不安，而哀傷。

明日開始較嚴格而激進的生活訓練，奉公守法是我的天才，我一點也不擔心的，我想，因違規反矩而受制裁的情形，在我是很少發生的，因有了這種信念，所以對于嚴格而激進的教練，我是迫之不及、求之不得的，造成這種心理另外尚有原由，那是因我太看不中一部份囂張浮燥以犯規為光榮的盲目自由者，巴不得他們多受一些打擊。我不是幸災樂禍，相反的是希望他們早點兒把這些要不得的毛病改掉。

四月廿七日禮拜三　八一九七　三月卅日　晴

已經規定除特別規定外，日常一律赤膊，對于赤膊在我是有些不大好過的，這決不是固執于白皮膚的保養，而是為著身體太瘦、加上在我下面的是個大塊頭，相形之下，成了殷韓對照，很惹人見笑，但脫赤膊已是不可避免的，即或在生活教育中可以豁免，將來在正式教練期間，也必不可免。

下午孫立人司令官及陳誠主席來營視察，我們因服裝未發不便出醜，只好集合在榕樹下面坐下來聽中隊長與值星官談話。想是日來不習慣與冷水浴，坐在樹下時，一陣陣的發寒熱，別是瘧疾又復發了，後來越發燒的難過，這可怎麼好，我非常為我近半年來孱弱的體格而憂傷，吃過晚飯後，在靠營房東面的一個僻靜的樹下的假山石旁，我苦苦的祈求上帝，主在雅各書中予我以很大的示意與指責，是的，我既信主，我就不可以外貌取人，對任何人不應該那末無緣無故的憎惡，因為仇敵都要愛他，矧他們並不是我的仇敵。

晚間選歌詠隊，我與親仁均被提名，後因一般風頭主義的份子之無理要求與取鬧，崔值星官一氣之下，取消選舉方式，改為指派，結果派定了兩個毫無音樂天才與常識的同學，可把他們二人難為死了。

四月廿八日禮拜四　八一九八　四月一日　晴

人生的三個境界，可以三首詞表之；第一境界：（北宋大詞人晏殊作調寄蝶戀花，一作鵲踏枝）檻菊愁煙蘭泣露，羅幙輕寒，燕子雙飛去，明月不諳離恨苦，斜光到曉穿朱戶！昨夜西風凋碧樹，獨上高樓，望盡天涯路！欲寄彩箋傳尺素，山長水遠知何處！第二：（柳耆卿柳永的作品，蝶戀花）獨倚危樓風細細，望極離愁，黯黯生天際，草色山光殘照裏，無人會得憑欄意。也擬疎狂圖一醉，對酒當歌，彊樂還無味；衣帶漸寬終不悔，為伊消得人憔悴！第三：（辛稼軒的青玉案）東風夜放花千樹，更吹落星如雨；寶馬彫車香滿路，風蕭聲動，玉壺光轉，一夜魚龍舞。蛾兒雪柳黃金縷，笑語盈盈暗香去，眾裏尋他千百度，驀然回首，那人却在燈火闌珊處。

昨夜匆匆去金陵，倉促間，語非心頭語，恨不夢中彈衷曲，醒來情鬱鬱，待要投書去，魚雁愁無路，再等夢中敘。

晚飯之後，營長召集測驗體力作四百十二公尺長跑，我的成績很差，費時一百零二秒，平均一秒跑四米強，相信日後不斷的鍛煉，必有相當進步。

劉應才邀去合作社吃了碗魯麵，我本不願如此招攬，奈彼意出至誠，盛情難却，只好領情，以後最好避免參予。

依情形上海或可安全短短時間，特致書八姐。對于與南京的父母及五姐六姐間的通訊斷絕，心頭時感痛傷辛酸，焦灼不已。

四月廿九日禮拜五　八一九九　四月初二　晴

日子記錯，以上「測驗體力」「劉應才之邀」「寫信至上海」等事均為今日，故不再記。

四月卅日禮拜六　八二〇〇　四月初三　晴

晨，注射傷寒防疫針，按說我前年得過此病，已可免疫。

來台南市已轉眼一周，我很少快樂過，固然南京撤離是使我不快的原因之一，另外很令我失望的是來台以後，所見各種事實，與我昔日的理想相去太遠，遭受著諸般的哄騙與不實，怎不叫我心恢意喪，然而既來之，則安之，命運已由自己打賭了，還有什麼可說的？木已成舟，也祇好死心蹋地的幹下去了，悲觀也徒然的折磨自己，還是想法去尋找愉快。讀完了「人生的三個境界」，我得了一點強心劑，加給了我的一番雄心，我應該殘忍的殺死過去，斷絕牽連，冷情一些，比較「善感」容易堅強意志，養成堅決不移的意志與決心，相信對于事業有極大的協助，心想捨此而外，前程也確難再覓較佳出路，天父在上，讓我從聖靈得到智慧、力量、勇氣與信念，完成我的理想，至少我不甘心做一個平庸一世的俗夫。

晚，大家團坐在一棵蒼老的榕樹下，舉行周末會，親仁把我推了上去唱了首紅豆詞。

夜間輪到衛兵，我徘徊在廊下，想了好多的心事，結果我決意從新以全副精力寫傍門之戀，我感到上一次的傍門之戀雖尚差強人意，但總顯得有些營養不足。

五月一日禮拜日　八二〇一　四月初四　晴

昨午新制服發下，料子式樣都很差，不過訓練期間，也穿不出什麼好的來。

昨晚同野牧去合作社吃西瓜與香蕉，這是上月的薪餉從上海帶來的一條愛而近香煙，賣了二萬五台幣，合金圓廿五萬元，昨晚上我們吃了四千元的水果。我就同野牧說了：「弄兩個不作一用的錢不吃吃喝喝的留著幹什麼？幹軍人的私生活，一切都要以『肚子』至上才對得起自己。」

忽然想到崇娟那兒尚可聯絡一下，寫了封信給他。今後在難測的大變動中，真不知要漂流失所成什麼樣，與家中及親友間不能不設法盡量的取得聯繫，這樣至少可以瀰補心上的創痛與空虛。

我開始重又寫傍門之戀了，這一次我抱定主義不再是趕工似的草草完成，哪怕是寫上一年半載了，祇要寫的好。

五月二日禮拜一　八二〇二　四月初五　雨轉曇　冷

對於這個團體，我感到了萬分的失望，人心的叛離，是最大的毛病，這毛病的起因，固然一部份是由于我們的士大夫之優越感氣息太重，而最大的起因，還是由于當局的欺詐哄騙，在招生期間，他們不惜任何的優越條件來號召，像簡章上所說，入營時發給服裝日用品及書籍文具等，然而，我們見到什麼了？痛心一也。說是至台後舉行程度甄別測驗而分科分級訓練，然而如今呢？把我們同小流氓、不識丁的老粗混在一起拖，痛心二也。天天立正稍息，我們學不到我們所要學的，將寶貴的時間浪費在這些無謂的東西上，該是多麼大的損失？痛心三也。鞋子不發究竟是何道理？我們自己的鞋子壽命不長了。襯衣不發，是何道理？軍服是這般的粗製濫造，最多也許只能穿上一兩個月，如果髒了換下來洗，只有脫光屁股，痛心四也。在南京口試時，那般的振振有辭，新軍是如何如何的理想，然而事實上，仍是這般的腐迂黑暗，雖說是一切的陳敗應該由我們青年人這一代去改造，可是又何必那麼樣的自吹自擂賣狗皮膏葯，而令人的失望大得不可填補，痛心五也。早早的吹著，到台灣後，每人皮靴一雙，作日常典禮及出外之用，帆布鞋兩個月一雙，留訓練穿著用，以外換身襯衫、軍毯、斗笠、日用品肥皂牙膏等樣樣齊全，因此動身時，我們只穿了一雙鞋子，襯衫日用品都沒帶，家中也以為既不需要什麼，一切由上方統統供給，所以也只給了很少的零用錢，作為沿途花用，然而，如今山窮水盡了，什麼也沒發一樣，令人痛恨深絕，痛心六也。總之，痛心，痛心！痛心！無數的連串的痛心。我們并非不體量國家的艱苦窮困，而是為什麼事先要用絕不能兌現的一些條件來欺詐哄騙我們，這是造成眾意叛離的最大起因，他們太愚蠢了。因此，在眾人裡面由于閑談及言語間之流露，大家都極其忿怨氣憤，準備有一日上了前線，槍桿先轉過來投降，別無話說。當局也許根本沒有察覺到這個危機。然而，這毒素的潛伏，是當局的一手造成，多麼可怖的一種蘊蓄著的毒素，我只為這般昏庸糊塗的騙子擔心。其實團體不管陡變至如何程度，我個人的利益是微細而不足重要的，所以我並不為自己擔心與思索，只為祖國與同胞們的一大不幸而嘆息流淚。

晚飯後，獨自倚著一棵僻靜的榕幹習唱「願與我主相親」的Tenor, Bass兩組，我早說過，音樂對于我的反響，一直是淒涼的哀感，這時的心情，不待言了。

今晨三點多就起身監廚了，忙了一天，疲倦已極。午間整隊去火車站歡迎甫自京滬南來的新同學，我夢想看，也許有什麼親友也在其中，因為是夢想，所以事實上也只是個夢而已。

五月三日禮拜二　八二〇三　四月初六　晴

我更迫切的感到這環境所加予人的無理的威脅，我已經沒有什麼心意再把前途的打算擺在這個上面了，已往的憧憬成了夢幻泡影，我的命運的孤注，成就了那惡者的騙局，現在已經沒什麼可說的，在他們掌下，他們任意的濫施自我杜撰的法規，違背了他們當初的諾言，違背了他們的良心，欺騙得太天真，所以誰都直覺的感到他們的可恥，目前，我們等于俘虜，到了此地這個孤島，量著我們走不掉、逃不了，非人道的猙獰獸面日見分明了，還說什麼呢，虎落平原遭犬欺！我個人心中的背叛真算不了什麼，只是我為國家悲哀，以這一筆巨款交給一群甩子訓練我們，使大家不獨一點報國的意志都沒有，而且怨氣沸騰，誰不在摩拳擦掌忍氣吞聲的等待著「那一天」？當局為何一點也不覺悟到他們所做下的錯誤？可怕也可悲！

同親仁、定華談到這些問題時，也都全然的同作此感，我發表了我的願望，我承認現在已被他們愚弄的騙到此地，我認了輸，我更嘲笑自己的聰明一世糊塗一時的混進了這個腐臭的死塘裡，我覺悟了，但已經嫌晚，如今在一籌莫展的絕望中，我除了不得不像一個機械被他們操縱外，我盡量的另求我個人的進修與技術，我不能不防備那一天，他們成功了，一腳把我們這群走狗踢開，簡章上說的好，退役後輔導升學就業，那一切還不是放屁。趕早兒為自己打算打算，國家坑害了我們的前途，粉碎了我們的抱負，我們哪兒還能打起愛國的心意，算了，就自私些吧。在上海的時候，我還有勇氣有膽量寫「矛盾中的選擇」一類的鐵血文章，現在我可沒辦法再寫那種違心的東西了，所以上面催了好幾次的壁報稿，我全裝做不知，我沒有這份閑情逸致去出風頭，我的天才也無須在這兒毫不能領會的土窩中去發揮。

五月四日禮拜三　八二〇四　四月初七　晴

「傍門之戀」已寫了十一頁，也不見得能比上一次的成積好，不過及時的感傷又是不勝。南京的突然棄守，使我與鳳子的連繫中斷，進入了絕緣的階段，如果今後的悲劇演成，那末，就是上帝不惜以一城的傾滅，拆散我與鳳子的姻緣，上帝當然有他的旨意，不過，我的「傍門之戀」若以事實的結果作為收尾，大可改為「傾國傾城」了。小小的一對兒女，也就起這麼大的作用麼？

我本來以為奉公守法就可以很愉快的生活，然而並不然，他們無理的施行著他們的單行法規，好人無故的受罰，這是什麼生活？這生活還有真理沒有？他們的恣意，鼓勵好人作惡，上帝啊！為什麼把我安插在這種好人受苦的暗中，固然，任何的打擊，都不能使我改變初衷，都不能使我違反你的律法，我也深知祢往往藉著惡人在好人身上成全祢的旨意，然而，對于一個意志堅毅的孩子，求主使這些痛楚離開他。

我三番五次的熱淚湧上來，竭力的壓制、會更形沉痛，一陣陣的心疼，我不敢再打開昔日的記錄，我孤惆惆的避開了那些可憎的模樣，俯在神的腳前，我希望神把我接去，至少，也可離開這沒有真理的生活圈子。想與希望、與現實都差得太遠，因此，我只有以最高的能耐去抵制罪惡的試探，挨著魔鬼的凌遲，忍受著撒但的戲弄。只求主予我以高度的耐力，撐過這黑暗的階段，主在我的心中，因此我堅信我會有一個光亮的前程。

五月五日禮拜四　八二〇五　四月初八　晴　大風

我簡直沒辦法去想像我的親人現在是如何的生活著，這是我心頭上日夜的折磨，人在台島，心在親人的身畔，坐臥不安的情緒，使我消瘦與憔悴了，我不是自我的憐恤，也不是徒然的自我折磨與虐待，事實上怎麼也不能不使人不焦灼、不愁悶。生是這般的苦惱，生是這般的無味。然而上帝沒有叫我回去，我們只有忍受著，總有一天吧，那一天是我的，是神給我的，不像現在，自己的時間自己作不了主，我為一天天的時光的被無謂所剝奪而痛惜，正當這青春蓬勃的時期，一生中僅有的一段豪華，不讓我發揮豪放我的作為，硬生生的把我按在這種無謂的日子裡，一切都是無謂的，稍息、立正、呆滯的固執，遣走了可惜的年華，我只想痛哭。

我現在沉默得像死去了一般，生活的重負，使青年人的心被壓扁了、壓死了，看不完的欺哄撞騙，聽不盡的悅耳高調，青年人的意念在矛盾的混淆中找不出方向。事實上朝朝夕夕的教訓，使我們習慣的否認了真理，可怕的罪之洪流，排山倒海的衝下來，抹殺了正氣，繁殖著邪惡，像模像樣的戲子，扮演著無恥的鬧劇，使道德低頭、使污行趾高氣昂，有血性的孩子如何忍耐得了這種牢囚的生活？親仁向我感嘆的說過：「敏感的人痛苦太多，倒不如昏庸愚昧的癡子，倒可以愉快的陶醉在自己的世界中。」是的，這日子需要麻木，然而苦的是我麻木不了。

背上曬塌了皮，身體時刻在疲倦困頓中，日來的副食不見油腥、白水煮包菜，沒有營養，固執的鍛鍊又有何用場？瞧著一張張困頓焦黃的瘦臉，我感到一種不可言喻的近于死亡的迫害與威脅。

五月六日禮拜五　八二〇六　四月初九　晴

大家擔心害怕的為著即將開始的基本訓練。以我個人來說，只要身體受得了，能夠無病無損的支持下去，對于嚴格的基本教練我是毫無畏懼的。不過，我為未來的生活對于精神上的摧殘而戰慄，物質只是原始初民的生活條件，可是生在廿世紀的人，是無法只求果腹就算了的，時代的激進，加深了我們精神口糧的食慾，在這種貧乏枯窘的境遇中，如何滿足得了？無法滿足的！

下午全體至東面的台灣省立工學院去打球，我是向不摸球的，只是獨自的在樹下乘涼。我豔羨的望著那些學生，心中好不難過，人家有讀書的幸運，為何我就沒有？我不也同他們一樣的是人麼？是願意讀書的青年嚒？

他們的佈告欄內有公費生半公費及獎學金，我的情緒發生了活動，也發生了疑問，公費生是不是可以養活赤貧的青年學生？公費生名額是怎樣分配與範圍的？啊！我又在作夢了，這夢又給我帶來煩悶和創痛！

五月七日禮拜六　八二〇七　四月初十　晴

被推選參加壁報工作。我本不欲為此，因我已感到軍營中搞藝術等于糟蹋藝術，我是一個藝術的衛道者，我不能眼看著藝術被庸俗的人，以及藉著她而出風頭的人所污弄，然而，軍營中的法規，是不容各人自作主張的。我忍氣吞聲的幹了，也是糊鬼，一種違心的工作，是非常痛苦的。

下午大家去鄭成功祠遊玩，我因天熱，又因昨天整個下午的荒廢的教訓，我守在家裡寫「傍門之戀」。

工學院的鐘聲，每每使我的靈魂在頓足，那鐘聲喚起了我的往事的追憶，鐘聲的裡面，夾襍著三小姐的歌喉。使我虔敬的侍主之心，更受著一種渴飢的折磨。以外，更使我羨慕著那鐘聲支配下的活躍的幸福的青年，隔著低牆，我嘆息的望著那裡的一群嬌子，他們有什麼可煩心的呢？他們不會想到在一個咫尺之外飢渴于求智的青年是怎樣的憂悶苦楚，人間是不公平的，公平在天！——現實使我消極了。

五月八日禮拜日　八二〇八　四月十一日　晴

上午集體去世界戲院看「海茫茫」，不巧斷電了，于是像烽火戲諸侯般的掃興而歸，大家跑得一身臭汗，一無所得，回營後趕快的洗衣裳，再不洗，身上要臭了。

其實退一步的想，與家中不能通信倒也好，否則，我向家裡說些什麼呢？照實的說嗎？不能，那會使他們難過與焦灼的。若是要他們快慰，那只有哄騙，說些與事實上相反的違心話語，這個我辦不到。所以我得到了阿Q式的自慰，其實不這麼樣的退一步著想又空尋什麼煩惱的。

幾天晚上以來，我們似乎成了慣例，親仁、定華同我，三個人總是談論著文藝上的問題，我們三個人竟成了文藝上的契友了，而且我們都開始寫作，彼此都以愉快的心情，期待著各個人的佳作，在對于藝術不通情理的軍營中，我們的相契、投機與探討是相當愉快的，不然的話，我們簡直尋不出什麼樂趣。同時，也是對于一些假斯文的軍人的諷刺。

五月九日禮拜一　八二〇九　四月十二日　曇有小雨

又集體的去赤崁戲院看三集文素臣，我真不想去，無耐團體行動中是沒有個人的行動自由的，只好陪著流一身臭汗，看過之後，比未看之前更來氣，一點可取的也沒有，李英的過火做作，王熙春的呆頭呆腦，田太萱的勉強，屠光啟的輕浮，點點的深刻也沒有，等于看文明戲。

肚子瀉起痢疾來了，一天之中，竟達五六次，精神為之不振。

我同定華交換著彼此的日記讀，我為的是學學新穎的筆法及對于朋友間的了解，這該是一件極有興味的事。

五月十日禮拜二　八二二〇　四月十三日　晴

早晨跑越野三千公尺，雖然跟得上，可是疲乏不堪，想到以後的基本教練，本能的不寒而慄了。

痢疾更勝昨日，且體熱替增，神魂不振，精神異常困頓，不得不請病假了，值星官蔡星允准了半休，從晚飯後，我就暈暈沉沉的睡了，大家去火車站歡迎新同學我一點也不知。

偏偏在這漂泊異鄉的當兒，七災八難的，我身體雖瘦，可是幾年來不必說是沒有大病，就是頭疼傷寒也很難得有過，嘜，偏是在最是沒情份沒溫暖的軍營中病病殃殃的，如何是好呢，肉體的痛楚，更加增了精神上的苦悶。

五月十一日禮拜三　八二一　四月十四日　曇

一夜的體熱未退，晨起時精神貧萎的不得了，不住的嘆氣，才可以使心頭暢舒一點，野牧以為我太好想，才短吁長嘆的，他勸我別想的太多，其實我現在才不敢多想呢。

同學中，接二連三的有不少的都開了小差，這都是現在的事實與過去的理想、矛盾的衝突的結局，接受了無情的教訓之後所必然要發生的現像，只恨我事先太信任這個團體了，若心中稍存一點點的猜忌疑慮或作退一步著想的話，至少可以早作多少退步的預備。像張大舅的兒子方霞在鳳山演劇總隊，王承增在空軍運輸大隊，玉瑛姐姐的知友在省教育廳、台灣大學的女生指導員等等，找找他們總可想想辦法出來，可是這些人的地址我全都未曾緊記著，也就是說，從來沒有關心注意到這一方面上，可是如今，在這呼天不應叫地不靈的當兒，及至想到了，然而遲了！遲了。

臨來時，張大舅曾告我方霞表兄地址，可惜當時未放在心上，如今只記得是鳳山赤山官舍六五號，可是一點把握也沒有，且寫封信去試試看。以外，我再好好的想想還有什麼路。

五月十二日禮拜四　八二一二　四月十五日　曇有陣雨

昨晚雨地集合，營長訓話後，因我們的機構已改為陸校第四軍官訓練班，所以按形式表現的原則，我們開始學校歌了：

黃埔軍校校歌

怒潮澎湃，黨旗飛揚，這是革命的黃埔，主義須貫徹，紀律莫放鬆，預備作奮鬥的先鋒，打條血路，引導被壓迫的民眾，攜著手，向前行，路不遠，莫要驚，親愛精誠，繼續永守，發揚我校精神，發揚我校精神。

高吭著這歌，使人憧憬著革命的衻褭的激奮進取，那歌聲引導著許許多多的先烈志士奔赴沙場，留下了民國肇造的勳績，然而不幸，這個革命的陣營，會腐化得這麼急促，讓本身成了革命的對象，這在　國父是料想不到的，他老人家在天之靈，不知該要如何的悲哀呢，真夠傷心的。

又來了一批新同學編入了我們第二連，好多老同學鼓掌歡迎，對于這一般新同學，我真不知應該以怎樣的心情去迎接他們——一群被哄騙上了圈的青年。

五月十三日禮拜五　八二一三　四月十六

營長幾番的訓話，都恰像是針對著我的心意，然而，奇怪的很，我一點也不服這個氣，這並不是我的主觀的頑固，而是我的心意比他的抨擊來得合乎理，正乎情，這是客觀的論調，比如他輕蔑見解高深的如魯迅筆下的聰明人，這是他的錯覺與誤解，他沒有體會出所謂「聰明者流」究係何種人物，而他所寄望于他的部下的是一群愚人呆瓜，專心做一個兩眼下視黃泉的奴才，這正是他的意識的矛盾，因為他要大家愚昧無知做他的奴才，他便可以放心大膽的永久做一個聰明的主子，他所指摘于他的部下的，而他自己偏偏的先就做了指責的對象，這人是滑稽可恥的，這下子狗皮膏葯賣倒了招牌了，其實嚴格點的說，也并不祇于這一次，屢次的叫賣，都很慘淡。

今天的精神轉好了一些，心情也活動得多。然而對于做戲似的「小組會議」，我實在沒興趣去參加扮演。形勢的淺薄，而自欺自玩的玩意兒，使我們根本擺脫不掉他們一手造成的惰性所給予我們的教訓，因之，我們也就很自然很習慣的沒情緒來理會，指導員也許是悲哀的，然而又怪得了誰？是他們這一流人造成的，因此那種痛絕是在他的自己的世界裡。

五月十四日禮拜六　八二二四　四月十七日　大雨轉曇

晨餐在大雨滂薄中用過，淋得像水雞子似的，然而官長們早躲進廓下去細嚼爛嚥了，在他們也許以為這可以訓練我們的服從，然而，其結果必然的是適得其反的。

按說，通信只是個無關乎什麼重要而且可大可小的，孰不知對于一個流浪天涯的人在精神上是如何的緊要的寄託，我未能有天增侄兒的那個幸福，究竟我的親人現在怎樣了，真令人心驚肉戰坐臥不安寤寐而思之，音訊斷絕原來對于流浪者有如許之痛！我深深的領略了。

親仁走了，雖說是不幾日就回來，但老是下意識的感到以後的不易一見，由是我感到了空虛，尤其是晚飯後的那一段時間，這時間是特別留給我們受用的。

整個的下午，在不通情理的哨音下，疲于奔命的東邊集了一次合、西面集了一次合，一次兩次，隨他吹了，然而抓著一個時間，我總是不放鬆我的工作——寫「傍門之戀」——一個人在這種環境中訓練下去，是最珍惜于自己的一剎那的時間的，想到從前的散漫的生活中，若是寫點什麼，必是寫寫停停，很少有這般的緊張過。

五月十五日禮拜日　八二一五　四月十八日　晴寒

整整的一個上午又在疲于奔命中度過，然而我抓住了零零碎碎的時間，完成了一篇小說「不冷嗎？」這是來台後的第一部作品，描寫一個人生在衣冠世界中是如何的自擾！自苦！

我的喜怒哀樂總是這麼敏感而善變，這兩天因為少受刺激，生活得很平穩，所以哀愁的氣氛又鬆馳得多了。

下午是空餘的，我不忍午覺，對于自己的時間太珍惜了，如何能讓他輕輕的放過，我繼續的寫「傍門之戀」，已完成了萬餘字。

五月十六日禮拜一　八二二六　四月十九日　晴曇

晚飯時，值星官叫到我的名字，我心中一震，原來是一封信，從上海寄來的，其中有二哥、八姐、星甥、鐘甥的信，這使我太出意料，我快樂到極點，整日裡看著人家接二連三的得到家信，如今總算滿足了這個渴望。二哥已任吳淞區署民政股長，鎮西兄或應吳淞人民之請求，東山再起。天增同鐘兒均駐防浦東，他們曾經被調至京，僅三四日就調往龍潭，經小接觸後，即重調回上海。二哥的估計與我所見相同，父母北返之日恐已不遠，老人家回宿後生活之需要固然不成什麼問題，唯晚年之孤苦，實在令兒女們極感不安。我為八姐信上的最後的一句話而難過，她說：我們不知還能夠通幾封信？是的，上海岌岌可危，誰能預言能支持幾日？不想也罷，還是趕快的覆信吧！寄信錢都沒有，要伸手向人借，多痛心的事。上海的生活一定高得嚇人，一封航平就是四十萬。

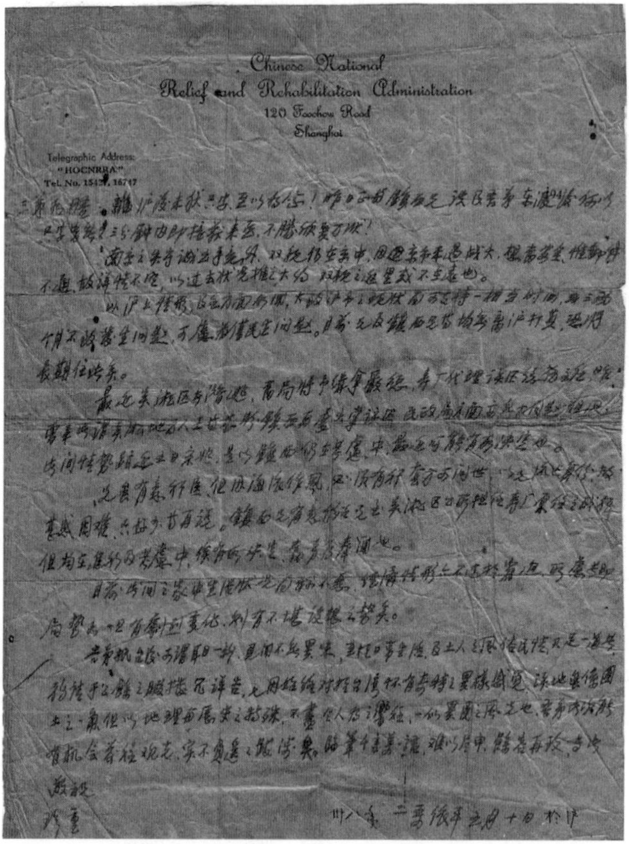

Chinese National
Relief and Rehabilitation Administration
120 Foochow Road
Shanghai

Telegraphic Address:
"HOCNRRA"
Tel. No. 15427, 16747

1949年5月10日，二哥寄自上海的信，此後兩岸音信斷絕，直到七〇年代末作家於梨華到南京演講，才取得朱西甯在台灣的地址開始通信。

五月十七日禮拜二　八二二七　四月廿日　晴

軍營中本就沒個「理」字，今上午奉副團長命遷營房至營部隔壁，然而新換的營房太蹩腳，既小且髒，然而既是穿上了軍裝，什麼事都祇得俯首貼耳的服從，可是有些不識時務的學生竟鼓動整隊前往請願，這真是笑話了，這兒是什麼地方，還容許你要少爺脾氣，不合理也罷合理也罷，一切只有受著，結果他們曬太陽曬了兩三小時，該怎麼受還是怎麼受，團座的措施是冷戰，那有什麼方法？呼天不應，叫地不靈，任你反吧！像孫猴子在如來的手掌上翻跟斗一樣，看你能翻多遠？

今夜特別痛苦，人多、擠、熱，臭氣難聞，整整的一夜在流汗與氣悶中熬過，簡直是地獄，我們犯了什麼罪，竟給我們這般殘忍的刑罰，天哪！哪一天才有出頭之日！還有一大本的日曆沒撕去呢，多愁人的日子！

五月十八日禮拜三　八二一八　四月廿一日　晴

一夜的苦楚，在蒸籠似的牀舖上，不知醒了多少次，睜著倦眼，在夜空尋找黎明，希望趕快的天亮，這地獄的黑暗早早的過去，及至天亮了，又感到睡眠不足，昨日的疲倦一點也未得恢復，這種非人的牛馬的日子，哪一天才是盡頭？令人不敢往後想。

我忽然感到自己的可恥的地方，所謂「笑臉迎」，多寒傖、多可憐的諂媚，一個男孩子是不應該太偏于敷衍的，以後應該直爽一些，避免無故受人祿俸，避免違心的嘻笑，血性是可貴的。

五月十九日禮拜四　八二一九　四月廿二日　晴

連部裡找去畫「徒手基本教練姿態」十四圖，固然，因此可享得許多的特權，可以避免在熱太陽下汗流夾背的操作，可以避免許多煩複的集合……，可是藝術的悲哀，比這些更其令人難過。我非常不甘心的懶懶的揮著畫筆，我的心在唱著哀歌。

可恥的心意與微行，只有自己才能夠了然，但決心卻需要第三者的督促，人能夠主動的懺悔，將是最可貴的。——近日來，我在生活中體味到了這一點，不過并沒有什麼意識。

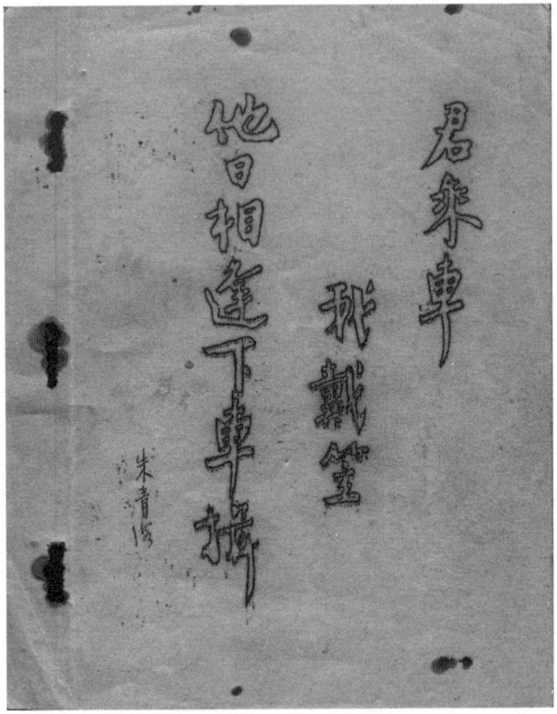

朱西甯製作的結拜兄弟名冊，封面寫「君乘車，我戴笠，他日相逢下車揖」。同袍六名，後又加入大哥與么弟共八名。

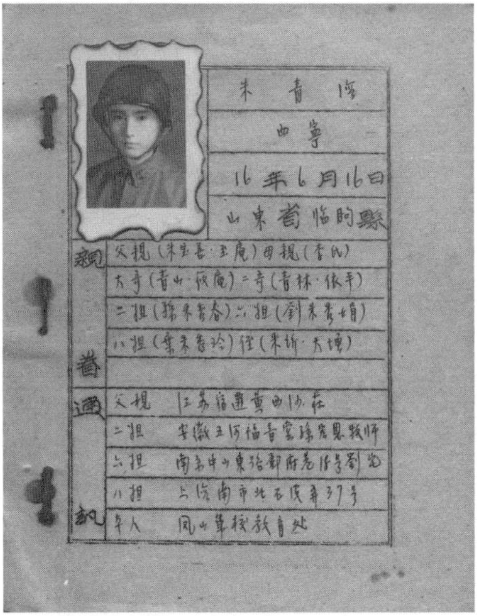

朱青海
西寧
16年6月16日
山東省臨朐縣
親屬 父親（朱宗善·玉庵）母親（李氏）
大哥（青山·筱庵）二哥（青林·依平）
通訊 父親 江蘇宿遷黃西河莊
年人 鳳山軍校教育处

老三朱西甯

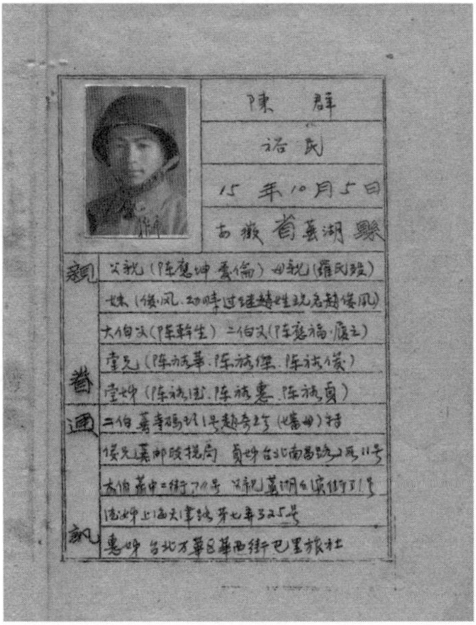

陳群
裕民
15年10月5日
安徽省蕪湖縣
親屬 父親（陳惠坤·秀倫）母親（羅氏）
大伯父（陈幹生）二伯父（陈惠福·庚之）
通訊 惠姊 台北市華西街巴里旅社

二哥陳群

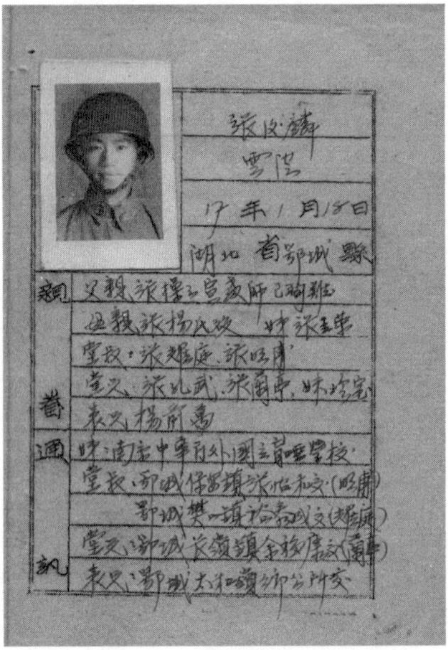

張後麟
17年1月18日
湖北省鄂城縣
親屬
父親 張[illegible]
母親 張楊氏
堂叔 張[illegible]、張[illegible]
堂兄 張[illegible]、張[illegible]、妹[illegible]
表兄 楊[illegible]
通訊
[illegible]
堂叔 鄂城[illegible]鎮張[illegible]交
鄂城[illegible]鎮[illegible]交
堂兄 鄂城[illegible]鎮[illegible]交
表兄 鄂城[illegible]交

五弟張後麟

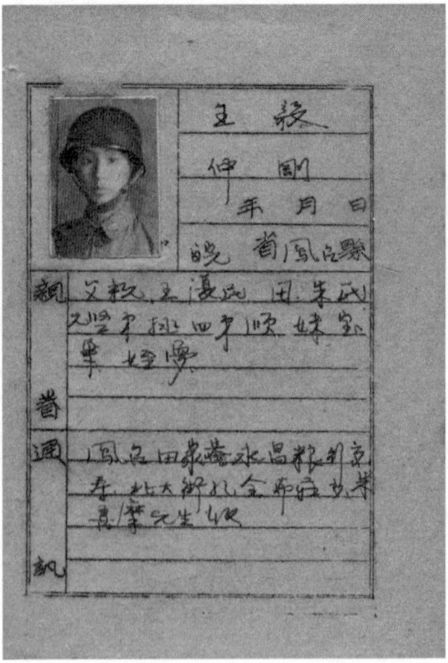

王毅
仲剛
年月日
皖省鳳台縣
親屬
父親 王[illegible]
[illegible] 妹[illegible]
[illegible]
通訊
鳳台田家菴[illegible]
[illegible]
[illegible]先生收

七弟王毅

六弟繆綸（前左一），曾撰文〈四個「第一」的朱西甯〉謂：民國四十二年，《大火炬的愛》終於出版了，我們都很樂，西甯簽名送我一本，扉頁上幾句話，「繆綸，這是我的第一本書，我在這條路上等你。」因為那時我也喜歡寫寫，西甯希望經由出書這件事，給我鼓勵與鞭策。只可惜我辜負了西甯的期望，一直到二十五年以後，我才出版了第一本散文集，這方面我差遠了。

五月廿日禮拜五　八二三〇　四月廿三日　晴

一日的工作，消磨在畫筆上，這些都是我所不願做的工作，從事與自己愿違的工作，等于受時間的凌遲，所以間歇的，盡可能的，我抽出空閑來做我自己的事，——寫信給八姐他們，為著星的信上的要求，又抄了兩篇聖母頌及西班牙小夜曲坿內寄去。寫信給他們的時候，我說不出自己的心緒是怎樣的虛空與愴傷，八姐的話始終徘徊在我的心際：我們還能通幾次信？

連長公佈，凡體弱多病的可由醫官檢查，若經不起訓練，可以自由他去……等。這話是相當令人沉痛的，早先考試的時候，竟為何不嚴格的檢查體格？如今把我們騙到這四顧茫茫舉目無親的海島上，卻又神經病患者似的打起了這番主意，真是害人不淺，叫人離開此地如何生存下去？這些人腦子裡究竟裝了些什麼？究竟把我們青年人當做什麼看的？心目中還有青年麼？

五月廿一日禮拜六　八二三二　四月廿四日　晴

基本教練圖完工之後，接著又是晨操圖解，格外的麻煩，不過，借著這機會，休息的時候可以寫點東西。

親仁、定華、同我，三個人無形中形成的文藝小集團，又加入了一個繆綸，興趣的相投，使我們解脫了軍營中不少的寂寞，所謂「物以類聚」。我提議趕個機會，大家同選一個題材，或者一件事實，各作一篇，以後再聚在一起比較長短，研究優劣。他們都認為這是一個最好的上進的門徑。我另外又供獻了一個意見，當我們生活在這種緊張煩燥的圈子裡，自己的時間非常少，可是無聊而又不能獨自受用的時間又是那麼多，只有一個妥善而近于廢物利用性質的辦法，那就是利用無聊而又不能獨自受用的時間去思索結構一個情節或詞藻，心中有了個草稿，一旦抓住了自己的時間，便可以下筆千言，不必再去苦搜枯腸，這辦法也為大家採用了。不想第二連中，竟有我們這四位文藝狂者。有趣得很。

五月廿二日禮拜日　八二三二　四月廿五日　晴

六時集合周會，奉命改為八時。八時整隊前往，又奉命改為十時。十時去了，又奉命就近活動等候。這就像烽火戲諸侯一樣，不想廿世紀末頁的中國還在扮演三四千年前的戲文，懷古也懷的太古了，怎怪不腐敗落伍了。原是為著要等候國防部的一個少將視察，來同我們談話，害得數千人疲于奔命，汗流夾背。

從「今天，與大家，在這裡見面，敝人深感榮幸，與愉快……」老調開始，三個字一句，兩個字一句的講下去，「我可以分五條來說……第一條……」聽眾注意力集中。「第二條……」聽眾精神有點不濟。「第三條……」聽眾站不住了，彎著身子，想盹一覺。「第四條……」聽眾似乎在做夢了。「第五條……」聽眾忽的精神抖擻，等候著苦痛的解放。然而：「第五條又可以分三條來說：」于是大家又盹著了。老太太的裹脚布，又臭又長。

原子時代的青年，道義感已那麼淡薄脆弱了，個個人的思想都自然的趨向于

「安娜其主義」對于岳武穆、史可法、文天祥這一般民族英雄者流的崇拜已經大貶其值，相反的，更給予一個輕弄的評價：「敢心禾重！」然而這一位少將視察却還津津有味的以此號召青年，國民黨壞就壞在這點，甚麼事情都不求深解，盲目的拾起過時代的工具，毫不知檢點檢點，最愚蠢的因循，改變了版圖的顏色，自己毀滅了自己。現代的青年，受著唯物論的影響，目光都集中在現實上。以「只求人格的成功，不管事業的失敗。」的高調想來打動青年的心，與其說是打動，不如認為是故意的引起反感。另有一件最可怕的是他代表政府所接受的一種錯誤的自信，這種自信可能是造成一個不堪設想的慘敗，他以為「以我們這一支青年新生的力量去反共，是有著高度把握的。」他認識的太膚淺了，青年們的心理，他連一點點的邊沿都沒有沾到，只可惜我沒有資格向當局進一言的陳述這潛在的危急，會造成不堪一擊的失敗，因此，政府的前途還是暗淡無日的，令人不寒而慄！

五月廿三日禮拜一　八二三　四月廿六日　晴

張洪賓去後，繪製教育圖樣等事已由我領班，工作者六人，本來工作效率會很快的，只以工具缺乏，諸多困難，因此只好「磨洋工」了。

我看著沒有一個人（我也在內）不是在慌張的找碗筷，爭先恐後的裝飯，集中注意力的尋找肉塊，真是感到生之恐慌與可恥，環境特別的強調了大家的求生的心理與行動，這麼簡單的求生，在科學的爭取生存的現代，難怪不使人感到形將被淘汰的可怖性。在這種單純愚拙的求生技術下，更訓練出一種強食若肉的原始的心理，使人類的文化，又開了五千年的倒車。我原先的心理，完全的沒有這種意識，然而，無形中，我已經拜倒在這種威脅的裙下，這是陸訓對於我的一種最有效果的教練，我不禁的貶視了自己。

原先在大陸上所有的理想、抱負與野心，到現在，已慘跌如金圓券，自行的削碼減價，說出來是令人寒心的：我祇打算把身體鍛鍊好也就算了。不知那些理想、抱負與野心是否還有死灰復燃的一天。

晚與親仁、綸、定華、陳群等閑談起靈魂的問題，結果也只有以奧古司汀的發現，作為一個空虛的結論。

蚊帳裡臭氣醉人，有一種說不出的腐爛的氣味，都是些不能「潔身」的傢伙發作的。想著這種熬煎下要度過五六個月的悠長的日子，真是可怕，只盼日子過快一點。

五月廿四日禮拜二　八二三四　四月廿七日　晴

不想事情會這般的唐突，更令人深感痛絕，只因昨晚與親仁等閑談靈魂問題，竟有人密報我們幾個人有共黨嫌疑，這話倒從那兒說起？不自由以致如此，這是我從軍以前萬萬想不到的，這與共黨之妄加「國特」的罪名又有什麼不同？悲慘的祖國的國土上，竟無一塊淨土，太叫人對于「光明」大失所望了。也許在那種夜深的當兒，我們的聚著談心是不宜的，然而若是有充份的水給我們洗澡，帳子裡不像那樣的擁擠悶熱奇臭得透不過氣來，我們何苦又非要守到黑夜？固然對于共黨，當局是如何的當心，這苦衷我們並非不去體諒，然而為什麼這麼唐突的加上這一頂大帽子給我們？如果認為我們不應該在深夜的時候不去睡覺，很可以命令我們限制我們早去就寢，我們也寧可以去受著蚊帳中非人的熬煎而絕對服從，但萬不該這般的高壓恐嚇，這是在摧殘青年，并不是在訓練青年。過去對于第一排的崔排長，我總以為這個人是新派的前進人物，不料也是摧殘青年的能手，我認錯了人了。

像這般的自由剝奪，在未來的日子裡，我們將如何的生活下去？很令人惶惑。今後只有少說話、多受罪、裝瘟，才可以應付這恐怖的生活，所以對于壁報一事，我是決計不幹了，免得失言見罪，那可受不了，以後就一味的做個呆子吧！別聰明了。

中午同張錦文去賣我那件中山服，賣了廿一萬元台幣，銀元用到廿六萬，一件衣服連一塊錢也沒有賣到，可慘！不過這價錢還算好，張錦文的一套棉制服，只才賣五萬多。賣來的錢，託陳群代買了七十張稿紙，兩萬元。

五月廿五日禮拜三　八二三五　四月廿八日　晴

幾日來勞瘁於繪畫工作，累得頭昏腦脹，不過也有好處，可以多一些工夫去寫作，這兩天的「傍門之戀」很寫了一點，但好像越寫越壞了。

前晚上的事，不想今天早上鬧到了連指導員那兒去，分別的找我們幾個人去談話，我可沒功夫去嚕嗦，繆綸生性暴燥，大發雷霆，其實何苦去同他們一般見識？好壞我自為之，除非他故意存壞。

下午司令官來部檢視，連部下令從速趕工製造標語，何必呢？庸人自擾！長官來到，快快打掃，長官去了，依舊老調，假冒為善！

五月廿六日禮拜四　八二三六　四月廿九日　晴

午後發燒頭昏，晚飯沒有吃，抱病集合，又被選為本班小組會議的副小組長，這事對我并無如何興趣。晚間與會連部、連指結結巴巴的講了些，明日午後二時至六時開會。討論的問題是1.我為什麼要從軍？（一、從軍動機，二、從軍經過，三、從軍後之抱負），2.我們為何而戰？（民族生存而戰、國家獨立而戰、國家主權完整而戰、人民自由而戰。）

五月廿七日禮拜五　八二三七　四月卅日　晴

下午小組會議，繆綸主席，我作記錄，開了三小時，我們第五班小組總算開的很有成績，結論本應由主席作的，繆綸因病，將這工作交付給我，一直作到天黑，

我自認作的尚差強人意，恐怕多數的小組結論作的都不見得如我。（廿八號補記）

五月廿八日禮拜六　八一三一八　五月初一　晴

還記得當我向六姐述說從軍的事，六姐曾經說過這樣的一句話：「以你的性格而言，是不大適宜于軍人生活的。」我當時并不服氣這種武斷的話，然而自入營以後的親身體味，才知道，軍人生活并不是過去以文人式的想像中的情調，這使我相信了六姐觀察之透徹，所以我推翻了從軍前的一番抱負，將來退役之後，我還要另求事業上之出路。

這是一件大不幸，午覺時，洗了兩件衣服，接著洗刷鋼筆，怪我太粗心，把鋼筆尖丟到陰溝去了。這筆尖陪著我一年半的時間，非常合適，它寫出了我的眼淚與心血，留下了多少寶貴的生命的記錄，然而，它就這樣的被我遺棄了，我應該怎樣的去彌補這重大的損失？痛心！

究竟是不是瘧疾，實在分不清，晚飯也沒有吃，流了大量的汗水，身體與精神都虧的很，我真擔心，下個禮拜就開始正式的教練了。

上海終于在廿六號轉手了，上次的信，未必能寄到，如今這一點與親人的連繫也失去了，八姐說：「我們還能通幾次信？」這已經是久料的悖人的事，如今是實現了。

五月廿九日禮拜日　八二三九　五月初二　晴

雖然體虛頭昏，但我總不肯請病假，一個人身體的脆弱，在這種環境中是相當夠諷刺的，要強的心使自己支持著去應付著集合與操作。

四月份的餉發下來了，除掉斗笠同褲頭外，尚餘十一萬五千元，陡然間，大家都融融洩洩，外面既不能出去，就在合作社裡享受享受，只可惜總隊部為著衛生問題，不准售賣水菓，以外只有吃點茶食，此地茶食沒有什麼意思，除掉甜的煞人以外，什麼味道也沒有，在此地吃糖是最不算一回事的，豬肉四五萬一斤，白糖只才要四千元，水菓之中以香蕉最便宜，四千元一斤。

下午出公差至供應站搬木柴，吃了兩瓶汽水和一些香蕉。

五月卅日禮拜一　八一三〇　五月初三　晴

真正的教練開始，神經上的確預先的感到了一些緊張，然而事實上并不如此，一大早就跑到司令台去上音樂課，學習新軍歌，有軍樂伴奏。回來後，臉也未洗，吃了早飯集合，聽候點名，國防部的一個上校主點。解散後剛休息了不久，又是集合上唱歌的課，唱了整整一個上午的音樂課，下午又是一堂，這好像是進了聲樂專門學校一般。

下午抽團體出去之便，留在寢室中寫傍門之戀，誰想到團體回來之後，對于未去洗澡的數十位見起罪來，每人罰了十幾個扶地挺身，真是沒道理可說。

晚上同繆綸、野牧、定華、張錦文喝了瓶葡萄酒，張買的牛肉罐頭，我買的酒。在這種環境中過久了，無形中使人感到只要對得起這張嘴也就算了。

陳群提出個問題：在什麼情形下我們才可以重回家鄉？這問題很難預言，不過最好還是打回去！不然的話，就是回去，也沒有好日子過。

廿八號晚病發，隨便的寫了個曲子，記在下面：

F key，4/4　遙念

5 1·7 1 / 4 5·3 1 / 5 7·5 4 / 24 3 —· / 6 2·1 71 /
疇昔的美　夢，　留　不　住，　今　朝

76 36 — / 5 7·5 4 / 23 1 —· / 5 1·7 1 / 45·3 1 /
裡，海　角獨　處，　寤思　寐　想，

51·7 1 / 5 — 5 — / 5 2·7 1 / 5 — 0 5 / #4 5 6 2 / 7·2 7 5 — /
遙　望著　錦繡的大陸，　懷　念著美麗　的　鄉土，

3 — 3 ♭2 / 4 3 —· / 5 5 4·3 / 5 5 2·7 / 1 —· 3 /
更　難　戀　妳的笑聲，妳的淚　珠，　哪

2·1 5 — / 6 6 45 6 / 5·3 1 — / 3 5 — 43 / 2 —· 2 /
一　天，重　登　西　岸，　和妳　促膝　剪

4 3 — 0 / 7 1 2·7 1 / 1 —·— / 1 —·— // Fine
燭，　一訴想思苦。———

五月卅一日禮拜二　八二三一　五月初四　雨

這是到台南後的第二場大雨，早上去司令台習唱新軍歌之後，回來就開始了基本各個徒手教練，立正、稍息、轉法等。第二堂的政治未上，因整隊剛齊，便大雨滂沱，回寢室唱新軍歌。第三堂是陸軍禮節，崔恒志排長主講，倒還入耳。這個禮拜的值星官蔡星真是個少見的嚕囌鬼，一句話可以說完的意思，他能夠說上八九句，他說：「整隊時，缺席的把它留出空間來。」這意思大家根本早就明瞭了，然而他還要嚕嗦：「記住，空間留出來，缺一個，留一個，不要留兩個，留兩個，是不對的，假使都到了，沒有缺席的，那就不要留出空間來，記住，不要留出空間來，要是留出空間，那就不對了……」他就是這麼的不得人心，真叫人滿心煩燥也奈何他不得，晚點名之後，大家帶著一天的疲乏本就巴不得趕快上床了，可是他永遠的說不完，口齒又不清，又不會說話，偏偏不肯甘休，話一開始，就沒個了。

明天端午節了，總隊部、團部、營部、連部層層的犒賞，并從每人五月份的薪餉扣了兩萬元，準備明日過節。

提到過節，又令人止不住懷念萬端，去年在家鄉，父母和兩個哥哥大家融融洩洩的聚會一堂，欣慰、快樂，今年卻大大的不同了，大哥被共黨捉去，生死不知，父母是否還在南京？還是回去了？二哥在上海還是在吳淞？棄守後的今日，他們一定更比我痛楚，像我混在青年人的群中，雖然也還不斷的思戀著一切的親人，然而，總還好點兒，總還有個岔兒打，真未料到，我們現在竟這般的七零八落，好不傷心人也。

託王炳文同學公差之便，又配了個筆尖，處在這種苦悶的環境中，若是沒有筆，就如同失去了上帝一般的空虛而無所寄託。

來到台灣一個多月，今天才發下蓆子，月來鋪著棉被睡覺，實在不是人受的罪。斗笠也發下了，短褲還要等到下月十三號。

六月一日禮拜三　八一三二　五月初五　陰雨

中午我們入伍生一二兩團會餐在司令台前，每桌兩瓶葡萄酒，我們第二連的菜不夠豐富的，只三樣，蘿蔔牛肉、洋蔥豬肉、青菜鴨蛋湯，口味還可以將就，不過也是一向嘴饞的緣故。我們等待了好久，賈副司令官才到，大家鼓掌之後，唱了一遍新軍歌，開始進餐，呆滯、刻板的軍營生活，難得有這麼個浪漫放肆的盛況，大家都興高采烈的飲酒作樂，我們的孫連長是個老實的好人，被同學們一一的敬酒，竟無法推脫，結果醉得不成樣子，由幾位同學們架著回來，躺在床上又哭又鬧，據說胸脯都被抓破了。

我們桌子上完全是幾個投機的朋友湊在一起，除掉張堪以外，都是很談的來的朋友，定華、繆綸、陳群、野牧、炳文、應才等，八個人吃了三瓶酒，我吃了兩碗酒、兩碗飯，人有點酒意，倒麻醉不了，反而感慨萬端。

五月份的薪餉是廿五萬，端午節菜金扣去了兩萬，今天先發十萬。託炳文買了瓶有保嘉魚肝油丸，五萬元一百粒，從今天開始每天中午吃兩粒。

六月二日禮拜四　八一三三　五月初六　雨

大雨如注，中午奉命至司令台，及至到司令台後，又奉命回營，大家像落湯雞一般，衣服全濕透了，上層牀的牀欄上，掛滿了衣裳，有些像上海的曬台。

今天傾盆大雨整整的一天，術科是停了，學科也因房子漏，一律停課，除掉零星的幾次集合，大部份的時間都在寫傍門之戀，已經差不多快要完成了。

昨日又發下軍便服一套，式樣與料子都很好，這兩天發蓆子、發餉，發軍服又快樂的過節，大家好像都把一切的煩惱都丟得乾淨了，大家的需要，原也是這麼單純，只可惜國家太窮了，有好些基本的需要都沒辦法滿足。聽說最近又要發軍毯與飯包，不知可否實現。最近兩日副司令官召集的學生代表座談會，很給我們帶來了一些福利，據說第一連的連長被學生告掉了，降級為一名小排長，似這般的真正的民主作風，倒是要得。

六月三日禮拜五　八一三四　五月初七　雨

依然是大雨傾盆，術學科都免了，只是一些無謂的集合，還是不斷的擾人。早上連上發生了一件事情，那全是值星官蔡星太草包了一些，以致很小的事被他搞得不可收拾，而且自己被窘的下不了台。我欽佩陳群的那種勇氣，為全體同學出了一口悶氣。

連指陸震庭報告我們關于新軍報的事，他現在任新軍報主編，大概還需要兩個編輯，希望我們去登記報考一下。我開始了情緒上的活動，對于這裡的訓練，我已經在前面寫過，我的抱負完全化為烏有，只希望把身體鍛鍊好也就算了，所以既有這條較有希望的路，我總想去做著我所喜悅的工作，不過陳群對我的主張是最好參加訓練，把身體搞好，以後不會沒有機會的。是的，我的欲進又退的心意也全因此。不過，親仁、定華同繆綸都希望我去嚐試一下，我倒又有些打不定主意了，夜裡睡得很晚，前思後慮，終于決定明天去登記一下，管他取與不取。

六月四日禮拜六　八二三五　五月初八　晴

又輪到監廚，三點鐘就起來了，覺沒有睡足，人是困頓的很。不過趁監廚之暇，又趕寫了一些「傍門之戀」，已經寫至尾聲，我想把結尾依照安寧過去的建議，採用夢幻式用以結束，商諸親仁，他很讚成。

定華的「末路」已經寫完工，大概是三四千字的短篇，筆法在一開始的時候，很像謝冰心的作風，是白話文方興之時，一般作家的筆調。內容感到不甚充實，這是全文的最醒目的缺點，不過我知道他本來是預備把這一篇作為「智識青年軍」的序幕，所以全篇并不能成為一個獨立的思維，這在深知其寫作動機的經過之後，是可以予以原諒的。全篇最妙之處，是煞筆時的陡轉，強調出所謂「末路」者，另有所指，并不是鄉姥們錯覺的批判的「末路」的意識，而是更有意味的「末路」。全文總算有相當成就，只是標點未能充份的利用，使全文減色不少，這很可惜，但也不難矯正。

午前終於去指導員處登記了，談起浦東報的發行人顧掌擎，倒是他的好友。以後還要口試才可以確定錄用與否。

六月五日禮拜日　八二三五　五月初九　晴

從五時半至八點，全是總隊長訓話的時間，令人非常吃力的站著。

下午休假，好多同學都成群結隊的出去，本來我倒很想出去走走的，只是傍門之戀急待結束，連午覺也沒有睡，二時下衛兵之後，同野牧去合作社吃了瓶汽水，回來一直寫到黑天，才算完成，我丟下筆深深的嘆了口氣，心中似乎減去一層重負，抽機會還要再好好的修改一下。

昨夜我們第一寢室發生了一件令人悚然的怪事。夜間正睡熟的時候，忽的被一陣怪聲驚醒，將頭伸出蚊帳外，好多同學倉皇的逃竄著，一對對的眼睛充滿了一種驚訝與邪氣，而且發著陰凄凄的低吟，那情形極為恐怖，後來引起了整個寢室七八十人的大騷動，第二寢室的同學也都被驚醒，以先我以為是實行夜間教練，既而覺得不對，又忽的以為是電燈走火，倉皇間，我已經用很急促的時間在考慮是否要跳下床去，因為睡的是上層床，上下不便，否則，我早就跳下床往外逃了，後來大家都清醒了，才又恢復常態的重入夢鄉，今早才知道這是軍營中習見的「夜驚」。據說這事件發生後，小則與主管官不利，大則整個部隊會跨（垮）下來，這近似于迷信，不過好多排長班長等都引證了好多事實為例，依我想，多半是疲勞過度，神經未能鬆弛之故，而此事又近于唐突鬼祟，以致影響了官兵的正常心理，而可能的引起那些不幸的後果。這件事雖然過去了，可是大家議論時還不禁談虎色變，毛骨悚然，可怕的很。

六月六日禮拜一　八二三六　五月初十　晴有陣雨

本來「新軍報」的招考編輯考期為上午十時，我忽然的不想去參加了，繆綸抱怨我不該這麼多變，可我卻另有一番并不能成為原因的衷曲，對于一個新環境，我總是抱著畏懼的心理，雖然并不一定能考取，可是對于周圍的剛剛結識的這一般朋友我卻又覺得有些不捨，環境雖然使我毫無好感，但若就此離去，卻又不盡依依。我這種隨遇而安的壞脾氣，對于未來的事業的開展，定然是影響很大，已經是屢次有過這種不幸發生了，機會過去後，所留下的卻是徒然的追悔，我這種性情真是要不得，雖然明知洞察，卻又苦于改不掉。

下午抱病參加體力訓練，頭昏腦暈，幾至不可支持，剛剛一身大汗，却又大雨傾盆，身子更感不舒，然而我總怕請病假，沒的被人罵上句東亞病夫。

六月七日禮拜二　八二三七　五月十一日　晴有陣雨

台灣的雨季到了，一天不下也下他個五六次不止，上午總隊長點名，忽的又大雨傾盆，衣裳盡濕了，混身冰涼，然而不久又太陽露出來火燒起來，真像打擺子似的，忽冷忽熱。

點名時，我看到第二營長傅孔道，回想昔日同他圕談後的一番熱烈的情緒與今日頹萎的心緒一對照，真是不盡感傷。

六月八日禮拜三　八一三八　五月十二日　曇陣雨

我也許的確是神經失常了，午飯時值星官報告下午二時為投考新軍報之考試時間，睡過了午覺，忽然一陣心血來潮，跑到報社去應考。陸指導員發給三張稿紙，授命回營寫本連通訊兩篇，每篇限二百字，另寫一篇文藝作品，題材自擬。回營後已經是四點多鐘，寫至天黑時，終于完成了。文藝作品的題目是「端午感言」，這是去夏在家時，在宿遷日報上頗為人推崇的一篇，所以寫起來不怎麼費事，只是比起那時的成就遜色太多。

六月九日禮拜四　八一三九　五月十三日　陣雨天曇

午後上戰鬥教練課，我本來以為這門課也許很有趣味的，不意隊伍剛剛整好，又被派公差至供應站抬菜。發菜時間尚早，遂至市內溜了一圈，身穿這身難看的軍服，又想到從前大陸上的軍人所給予台灣人民深惡痛恨的印象，走在街上真是自慚形穢的不敢抬起頭來。行至台南市參議會坿近時，正逢到一群白衫黑裙女學生過來，同行的幾個同學，目不轉睛的跟著看，我真感到一種無比的羞辱，我遠遠的躲開，把帽沿拉得低低的。

晨去新軍報社應考，考的是副刊排版與新聞標題，馬馬虎虎的應付之後，卻又有點懊喪，為什麼要中途把目標改換了？我到台灣來是接受訓練的，并未曾打算去搞別的，雖然并不一定可以考取，可是意志竟為何這麼脆弱多變？我就是死也死在這個訓練的陣營裡。

六月十日禮拜五　八二四〇　五月十四日　陣雨天晴

又被推選出面組籌「入營專號」壁報，我現在對于這一類的工作一點也不再感到興趣，這不是我個人的消沉，而是我的作風并不適于這種環境、我的創作，得不到這般人的賞識，因此催稿與逼稿的不合理的情形下，我抄了篇端午小感敷衍敷衍。

最近補行的入營典禮快要舉行了，又是一番勞民傷財，無聊的很，為什麼在形式上要這麼考究？

台灣的雨季真稱得上是雨季，一天數場，閃電交加，每次都下得溝滿河平，教練上受到很大的影響。

六月十一日禮拜六　八二四一　五月十五日　天曇有陣雨

每排限定一名自動參加工兵訓練，我來台的本意，就打算學習工兵、砲兵或輜重，我先是去陳班長處報名，但他主張我不必如此，據他說不如先在這兒受訓，以後這種機會還相當的多，并且這種短期的工兵訓練，并不能學到什麼，這麼一說我也就算了，不過定華是堅決的去了，而且下午就整裝去鳳山了。他這樣的匆促的走掉，我忽的感到人生的飄忽的淒蒼，然而各人的前途，誰也不便多加可否。

今天心緒特別的低沉，也許是受了定華走了的影響，我很想以後做一個機械式的人物，除掉日記而外，我想什麼事也不幹了，就做一個老粗吧，下過操回來，一裁頭倒在牀上，不必去空耗腦力，也不必同任何人去作無謂的撩天。——我是這麼想的，不知這種低潮過去後，情感上是否容許我這麼做，我不敢斷言。

今天批閱了十數篇「入營專號」的稿件，我的心緒的特別沉重也可能是受了這種乏味工作的影響，一個個盡是違心的高調，我感到厭煩，青年人難道就是這麼昧良心，為什麼不說出心底的衷曲？不過環境也許不許可。

陳群的「青年與新軍」是別創一格的佼佼者，我愛他的不凡的論調，「這是一個新的團體，無疑的將來會產生出新的力量，不為個人所有、不為他人利用，她是人民的合力，國家的勁旅，為著人民的自由和國家的獨立，她將不惜一切去奮鬥、去爭取，因此她的使命不僅在戡亂，而在更進一步的促進世界大同……」這還算是人話兒，何必非要空叫著戡亂呀，剿匪呀，殺掉朱毛呀，……多幼穉得可憐。

六月十二日禮拜日　八二四二　五月十六　晴　午有陣雨

據周會上總隊長見告，六月至十月，是颱風季，據說一經襲來，必有災害，我忽的恍然大悟，原來營房的窗扉採用抽動式的不無原因。

禮拜日下午休假，除校閱「傍門之戀」而外，洗了個痛快的沖水澡，又睡了個痛快覺，下午為「入營專號」設計報頭，定命為「虎賁」。并擬漫畫稿一幅，定名為「人民向我們喊叫」。

六月十三日禮拜一　八二四三　五月十七日　晴有陣雨

我怕聽「天堂春夢」這支歌，我每一聽到，便覺得無限傷感，人總是要有一個理想的，那理想尤如天堂般的美好，所謂理想，當然是合乎情理的一種想像，不是妄想、狂想、幻想、夢想，可是當一種理想在事實上不是個人所能做到的時候，那種絕望的悲痛是無法形容的，就如同這次抗戰勝利之前，人對于勝利後的一種憧憬的要價該是多麼的高！那種理想是對的，在未來的建國期間，有目標、有計劃、有條理、有技術的人、有學問的人，根本不必愁沒工作，國家是急需要著人才、社會要人才、民眾要人才，一個人才何愁不能生活下去？何愁得不到造就？然而，事實上帶來了這個大的無可彌補的絕望、傷心何止于我？晚劉應才同我撩天，他言語之間，頗為推崇我各方面的不平凡的成就，可是，每一次當人誇贊我的時候，我總是特別的難過，我有這種各方面的充份的天才，為什麼受不到造就？人間的不平，又何止我一人？

六月十四日禮拜二　八二四四　五月十八日　曇

面臨著這悲苦慘痛的末世，放眼四望，黑暗，無盡的黑暗，迢迢長夜何時旦？我們這一代的青年，被折磨得彎下了腰，人也蒼老了好多。年輕的孩子，經不住苦難的考驗，一個個漸漸的消沉下去，失去了理想、抱負、和野心，而致于自餒的扯起白旗，向陰謀、哄騙與封建屈膝、低頭、妥協。何苦要高歌自欺的悲曲，又何苦要昧心去頌揚這個世代？不再是躲在自己的世界裡苟且因循明哲保身的時候了，上帝把我安排在這混淆的世紀之末，為的是要我們向罪惡爭鬥，高爾基說：「我的人生，就是反抗。」唯有真理，才是我的最終的目的，年輕的孩子當真就冷了血？當真就像羔羊般的馴良？……為虎賁寫了這點抒懷的文字，筆名用鬱雷二字，這是我的心意。又寫了篇特寫〈天亮前後〉。

六月十五號禮拜三　八二四五　五月十九日　曇

人有時候也是需要固執的，尤其性子要強些的，更不肯示弱，在伙伴之中，我以一顆好勝的心在各方面總算不太弱于他們，然而唯一的缺憾，是我的體力太差，我生平在我所接觸的周遭裡，我沒有不如人的地方，我始終是居于壓倒的地位的，因此，忽然在這一方面趕不上別人，我感到無盡的羞辱，一個人固然不能十全十美，但為什麼麼會不如人家？我不相信我的低能，我相信我的意志，多費一些功夫，相信總能趕上他們，每晚上我要爬吊桿、扶地挺身、拉單槓、跑步，即或我趕不到他們前面，至少不致于差得太遠。

六月十六號禮拜四　八二四六　五月廿日　曇

昨晚衛兵夜班罷後，躺在床上想了許多，結果，剛剛睡著，便夢見了安寧，他提出了好多的問題，都使我羞愧得沒辦法答覆，我好像是沒有臉再見他，他與我這般的知己，又是這麼樣殷切的關懷著我的前程，我突兀的把初衷改變了，使他的一番好心的期望整個的化為煙雲，我太對不起他，至少在上海未轉手之前，我一千一萬個不應該不寫信給他，良心的負疚，使我非常痛苦，我寫抒懷時，因為緬懷著他的思想，我採用了鬱雷作為筆名，原為的是減去心頭上一層重負，不意更引起一番歉仄的沉痛。

六月十七號禮拜五　八二四七　五月廿一日　曇

人是最容易戰敗于習慣的，初來時，對于軍營中的一切不合理之處，深感痛苦，誰知一個多月下來，一切視為平常，竟不以為悖了，這并不足以慶幸，相反的却是證實了我習慣于不合理的生活，而形成了奴隸性，這可怎麼好？

定華於晚飯時來了，晚上，親仁、陳群、繆綸、野牧，我們一起六個人，非常愉快的談了很久，我們難得有這麼個愉快的情緒。

六月十八日禮拜六　八二四八　五月廿二　晴

這幾天時間都耗費在「虎賁」入營專號上，壓根兒什麼集合與課目都沒參加，自己唯恐趕不上，今天自動出操了，下午第一節是體力訓練，除掉十五節的初步操外，另兩樣是曲折接力與草坪運動，草坪運動是相當髒人的，搞得全身上下盡是泥土，接著第二節是徒手教練，更是累人，我的動作差的很，以後需要當心。

下過飯，往台南市一中游泳池洗澡，是一快事，繆綸教我泅水，只是我的膽小如鼠，老怕喝水，可是自己又非常羨慕他們如意自得的蕩來蕩去，這真就難了。

六月十九日禮拜日　八二四九　五月廿三　晴寒

新軍報的副刊，我今日才過目一下，真是沒可說的，尤其中篇連載的模範家庭，簡直乾澀的不得了，而且牽強不入情理，我本來或者會寫一兩篇登去的，這麼一來，別糟蹋了我的東西。

我們又重新的編隊了，所好同陳群編在七班，只可惜繆綸走了，編入了八班，他本人不高興的很，但也沒有辦法。

因為野牧避地裡多嘴，陳群向我索鳳子的相片看，本來自傍門之戀寫成後，我就竭力的想把鳳子忘掉，固然事實上辦不到，至少在這幾天之中，我已經在理智的

大哥朱青山

壓制下不大再去懷念往事，可是經這麼一提，我不禁的在燈下又多看了她幾眼，因此心頭又不免辛酸萬端，接著父親、六姐、大哥等的照片又引起了我無限的悲慟的追憶。

野牧買了條 parady cigarette 遠來，予我精神上以豐盛的給養，可是值星官規定了，除掉廁所而外，均不是吸煙之處，不過也有好處，量的方面可以節省不少。

六月廿日禮拜一　八二五〇　五月廿四　晴

我忽然起了敵愾之心，這是由于思親所起，想到在苦難中掙扎的親人，在以往，我只感到不安與焦灼，後來漸漸的覺得那太痛苦了，也就竭力的不再去思念，不過理智再怎麼清醒，可不能一筆抹煞掉往事。最後我由痛苦中翻身過來，我知道不安與焦灼只是徒然的虐待自己，大丈夫實不應如此也。而于事實上也著實無濟。

六月廿一日禮拜二　八二五一　五月廿五　晴

教練的課目表上，每禮拜二，全日的操作是到安平港去海灘運動，可是三四禮拜的教練以來，一次也沒有實行。終于在今天兌現了。

我們的第三團全體官兵從上午七時半出發，大家的精神特別煥發，整齊肅壯的行列在市區的馬路上穿過時，人民投以驚詫奇異的目光，相信會加深了我們對于他們的良好的印象。

出了市區，變為長途行軍隊形，今天好像我們齊打夥兒都存心往好處做了，雖然長途行軍是自由的行列，可是秩序方面是相當成功的。安平港是當年國姓爺鄭成功登陸擊敗荷蘭人的地方，距營房約十八華里，沿途盡是異國的情調。安平坩近的墓地，使我自然而然的想到敦煌石室的風光，墓碑上的書寫方式，與在水電路所遊的光裕山堂卻又迥然不同了，大多都是這樣的：「昭和丁丑××年，安平故楊×公偉光××之佳瑩。」

我從先天就帶來了愛海的情緒，（後天的興趣大約是由于我的名字中有一個海字）果然，今天是我到台灣以來的第一次的興盡的一天。先是在海灘上由體育教官指揮作初步運動、騎戰等動作，大家下海一次，便很快的上岸，集攏在杉林中午餐。因為餓狠了，所以吃起來特別香，午飯過後，是兩小時的午覺。我同綸、群在樹蔭下稍微休息一下，就跑到海灘去，躺在海灘上曬了一陣，身上全是沙子，三番五次的躍身在澎湃的海浪中，我大膽的把頭沒在水中學習泅水，結果喝了口海水，（并沒有嚥下去）又鹹又苦，真不是個味兒。大家午覺醒來，在連排長的指揮下，做了好多的海中遊戲，直至下午五時許才整隊回營，整個的一天，可謂玩了個痛快，我從沒有這麼快樂過，我就同繆綸說了，如果我們有一個美好的生活，今天的興味更不知要如何的濃厚了。想到回營後的勞苦，又不禁引起一番寒心的不快，這也是無可奈何的。

回來後，兩隻腳痛得要死，烙了一天的熱沙子，腳上又發起濕氣，又被沙狗子狠狠的咬了一口，三五一湊，竟走不起路來。

今天的成績：皮膚曬得通紅，紅色的皮子上敷上一層白色的鹽硝，鞋子裡全是細砂。

六月廿二日禮拜三　八二五二　五月廿六　晴

將「虎賁」改為創刊號，今天草草的完工，明天大約可以出刊，我寫了篇發刊詞，自認寫得很活潑輕鬆，別俱一種風格。夜間教育也沒有參加，繆綸、親仁、炳文，我們幾個人非常投機的在一起工作。

我寫傍門之戀中的咸華，是一個好做戲的雙重人格的孩子，這種人可以說是類似于我，但并不就是我，然而時至今日，不獨是我自己感到咸華就等于我，而且伙伴們也異口同聲的指出我的雙重個性是的確的，這可就怪了。不過為著一種好奇，也可以說是下意識的舉動，我很想抽個機會正經兩天，考驗一下，我究竟是不是這一型的澈底的人物。——因為近來的我為著要擺脫煩惱而致于太頑皮了一點。

六月廿三日禮拜四　八二五三　五月廿七　晴晚有雨

上月副食費補發，每人十一萬三千五，下午至合作社，群、綸、炳文、野牧、阿Q等幾個人，買了些葡萄酒、魚罐頭、鳳梨罐頭、鮮鳳梨、豬油糖仔、花生米、汽水、冰棒等大吃了一通，不亦快哉，其實是一種痲醉。

六月廿五日禮拜六　八二五五　五月廿九　晴

為買辦壁報材料，群、綸、炳文、野牧和我一行五人假公濟私的玩了整整一個上午。先到赤崁樓，（也就是鄭成功祠，當年鄭荷媾和所在地）這裡有不少可貴的古蹟，使人作「懷想著赤崁樓上的英豪」之感。一進門就是一礡當年作戰之野砲，二百多年之後的今日，已經鏽得不成樣兒了。拾級而上，便是赤崁樓與文昌閣，赤崁樓前，并列著當年選考武舉人之三百斤台斤之石鎖，想到昔日那一般武士的蠻勁兒，可真嚇人。赤崁樓中的玻璃櫥裡分別的陳列著：鄭成功氏、仕民季隆武時，親書五言絕句之真筆「禮樂衣冠第，文章孔孟家，南山開壽城，東海釀流霞。」滿清乾隆年間，蘇荳社蕃人所書之蕃語羅馬字契據，荷蘭人于一六六二年撤退後，歷一百五十餘年之久，羅馬字尚存，為昔日荷蘭人對土籍所施之教化。滿清沿襲明制婦人之禮服衣冠及禮服之外套及百景裙、將級武官之衣冠、文舉人所穿之內花衣、將級武官臨陣時穿戴之鐵盔及鐵甲冑，民四年十二月至翌年六月袁世凱僭稱洪憲帝制時，頒給文官穿用之禮服。台灣劉永福主政之台灣民主國郵票，台灣民主國大總統唐景崧像片，義勇統領邱逢甲、幫辦台灣防務總兵劉永福、巡台欽差大臣沈葆楨等照片及台灣巡撫劉銘傳畫像鄭成功畫像，昔時住民培旺族使用之食器，匙、酒杯、連杯、帽、護身牌（即盾牌）耕具等。

此外尚有油畫多幅，色彩情調都好的很，其中最引人入聖的是熱蘭遮城晨景，鄭荷媾和談判圖及鄭氏像。另有白崇禧卅六年春宣慰台灣謁延平郡王祠所擬之聯：孤臣秉孤忠浩氣磅礡留萬古，正人扶正義，莫教成敗論英雄。

赤崁樓玩過，又居高臨下的觀賞隔壁的一所小學，這又引起了昔日執教生活的追戀，好與壞都不是絕對的，當年過著那種日子，倒覺得苦的很，至今當了一員大兵，相形之下，却又令人傾慕著這種生活，我們幾個人都是幹過這一行的，談起來均作同感。

把壁報材料（買好）之後，在市場裡吃了碗魯粉，實在沒意思，又到了一家飯館，由陳群作東，吃肉絲炒飯，同辣椒炒肉絲，吃得滿頭大汗，飯完了，還想再吃，又由我請了五盤炒飯，飯後野牧又買了隻鳳梨，幾個人漲著肚子非常滿足的回來，這次牙祭打得很痛快。當了兵就自然而然的老粗起來，軍中諺云：富不了三天，窮不了一月。前天發的餉，今天就乾了，擺在往日我何致如此。

今天第一次吃芒果，原來芒果是這麼好吃的東西！那就無怪乎比香蕉還貴了。

六月廿六日禮拜日　八二五六　五月卅　晴曇

陳群告訴了我一個他自己的故事，這題材是我非常愛寫的，我已定名為「矛盾的旋律」，男女主角各為韓尉、喬懷秋，只待有暇作一番佈局之後，就可以動工。

奇怪，自從寫完傍門之戀以後，寫作的旨趣被情感所凝固了，雖另有好多題材，總不想動筆。

昨晚值星官召集了我們虎賁社的幾個人員開會，其中一位楊姓同學與我歡敘良久，他問我在北平住了多久？我一時答不出，後來才知道他聽我的口音是北平人。以一個北平人聽了我的口音以為是北平人，可想而知我的京片子已經沒什麼缺欠之處了，這倒是我一向所不敢自信的。

六月廿七日禮拜一　八二五七　六月初一　晴

同炳文將壁報細心的設計了好久，大家又會同批閱稿件，直至十一時許方才入睡。這一次搞壁報，說一句私心的話，我是很愉快的，因為在一道工作的盡是一夥要好的伙伴，在各方面都是非常融洽的工作著，上一次有孟光第、谷守林夾在其中，我就遠不及這一次工作得賣力而感到興趣。

六月廿八日禮拜二　八二五八　六月初二　晴

我們的老實慈愛的連長要調往鳳山尉官大隊受訓去了，這在全連的同學的心上是一個黑影。另外的是一項較為令人愉快的消息，是第一排排長崔恒志升任為我們的中尉副連長。

又是海攤運動，我們幾個人很不想去，到崔排長那兒要求留守辦壁報，結果未允准，只得怏怏的隨隊出發，今天的浪頭特別大，又因為本來不想來的，所以只下水兩次，比上一次呆滯得多了。

六月廿九日禮拜三　八二五九　六月初三　晴　晚有雨

為歡送孫連長，晚舉行茶會，獻旗後，連長答謝之際，忽然狂風暴雨，大家先是沉著靜聆，不意雨勢越來越大，只好狂奔回寢室，經一陣騷動後，始又接聯下去，以後尚有同學等草草準備的幾個節目，我也沒有去欣賞，只是蜷伏在床上開始寫「矛盾的旋律」的引子。孫連長人是好的，愛學、愛忠實，只是人太老實了，老實得近乎懦弱無能。年歲已經是四十多，兩鬢灰白，然而還那麼結壯，舉動也是那末年輕，不過很容易使人去體念到他那蒼涼的後半世，一支上了年歲的駱駝，在一望無際的沙漠去尋索水草，多艱苦啊！

六月卅日禮拜四　八二六〇　六月初四　晴

晨操停止了，新舊連長交接，陽光還沒有上來，孫連長踟躕的影子離開了我們，相互間不盡依依。

晚間新上任的康連長訓話，這人是比孫連長能幹得多，有見解、有學識，口才有的是，能體恤部屬，懂得學生心理，一場頭頭是道的談話，使我們感到孫連長的走，只是離別的傷懷，并不是我們的損失。

七月一號禮拜五　八一五一（八一六一）　六月初五　晴

崔區隊長晉升副連長之後，受命連長佈置中山室、寢室，于是我們這一群虎賁社的夥友，又負了這一項使命。所需的材料，經我們細心的估計之後，是一筆連上所不容易擔負的款子，聽說連長刷新心切，可能從別處想出辦法來。

晚會時，在下面我同群討論一點「矛盾的旋律」開始如何寫法的問題，上床後又想了很多，仍然不得要領。

七月二號禮拜六　八一五二（八一六二）　六月初六　晴

崔區隊走後，奉連長諭，副連長室暫時留給我們用，這對于我們是一個愉快，能夠在這種緊張的氣氛下，待在屋子裡做一點文差事，而且又都是興趣相投的伙伴。

七月三號禮拜日　八二五三（八二六三）　六月初七　晴

康連長對于我們這幾位總算別具青睞，不過在我們是應該知趣的，關於這一方面的見解，陳群（以後寫作裕民）與我多半相同，我與他之投機，多半也因此。往往因為要強，可以給自己加上多少束縛，說得好聽，是自愛，說得不好聽，就是自尋煩惱。

七月四號禮拜一　八二五四（八二六四）　六月初八　晴

這幾天忙的為連部造箕斗冊，忙的不亦樂乎，日記也空了兩三天沒有記，為公忘私以致如此，難得難得。

裕民說我在大夥中說的話比任何人都多，我忽然感到自己的失檢，一個人話說得太多，總容易惹人厭。

因為天天淌汗，身上一搓，就搓好多灰垢抽下來，因為幾個人是各處來的，對于灰垢抽這個名詞，我們開始興趣的討論：東北人鄭肅（汗居居）四川人親仁（加加）蕪湖人裕民（骯（凹）糟）桐城人唯博（垢跡條）壽縣人野牧（灰泗九）。

七月五號禮拜二　八二五五（八二六五）　六月初九　晴

六月份下半月的副食追發下來，七折八扣，僅剩無幾，托炳文買了兩本薄本準備寫矛盾的旋律之用，以外買了兩支鳳梨，一條香煙也就不剩什麼了，翻轉又是那句話，窮不了一月，富不了三天。

七月六號禮拜三　八二五六（八二六六）　六月初十　晴

這幾天為連部造箕斗冊，有點空閑又要寫「矛盾的旋律」，因此不得不在日記上「從簡」了，好在這兩天過的平凡而愉快，有時間記的話，就記一點，否則也就拉倒，而且這本日記眼看快寫完了，寫完後那兒還有錢再買，可真難說。

七月八號禮拜五　八二五八（八二六八）　六月初十二　晴

因為連長明天要向教育班長們講解槍的解剖，我們虎賁社的幾個人開始在紛忙了。晚八時半同野牧上街去買繪畫材料。台南的夜景根本沒有看過，這個好機會真難得，這兒市街的夜景比南京上海却完全不同了，一種南國之夜的風光，的確稱得上是醉人的。

回來時，買了好多芒果、香蕉、鳳梨，準備回來大嚼。回來後，便分頭工作，畫美造1903式 30 步槍分解圖。好累人的工作，直忙到三點鐘，才入睡，連長就命我們幾個人歇在副連長室，並且明天可以直睡到晨操後早飯的時候。這比四個人睡一間床的日子真舒服到天上去了。

七月九號禮拜六　八二五九（八二六九）　六月初十三　晴　颱風

又繼續昨夜未竟之工，至午後三時，連長讓我們休息了，我們直睡到開晚飯。對于我們這幾個人的工作的成績表現深表滿意。對我們這幾個人真是皇恩浩蕩，優待條例，為一般同學所絕不能享受的。不過我同陳群的性格在這一方面是完全一致的，我們并不太希望獲得優越待遇，因為那會對于一般官長們有不快之感，尤其更容易遭到同學們忌剋，所以往往上面給我們一些優待，我們反而寧願束縛自己，而不去給人以「過份」之感。

七月十號禮拜日　八二六〇（八二七〇）　六月十四日　晴　颱風

壁報的辦公處由副連長室又移至中山室，午覺沒辦法睡，收拾良久，才條理清楚了一點。今天發槍（美造1903式30步槍）槍上盡是機械油，擦起來真夠髒人的，我們算是幸免了，後來又睡了會午覺。

七月十二號禮拜二　八二六二（八二七二）　六月十六日　晴

又發了餉，裕民、唯博、炳文、野牧同我五個人湊起來是四十六萬，今午後借口買辦壁報材料，一行五人出了營房，先在國都看了「古塔魔影」（Stranger），光線壞的很，發音也不清，看得很吃力，出來時，頭暈腦漲，便到一家菜館子裡，先是每人吃了碗炒麵，隨後，一盤青椒炒肉絲、一盤鹽水鴨，吃了卅多萬，比上次的牙祭又痛快的多了。不意今天正是我的生日，可真巧。

七月十四號禮拜四　八二六四（八二七四）　六月十七日

上午又忙著搞槍號碼單袋，莫明其妙的被選為生活輔委會的學術組長，這很討厭，以我的個性與材幹，我是不宜負責主管事務的，我早就說，如果我有一天在政治或軍事上有了點成就，那至多也不過是個幕僚，我絕對沒辦法做一個獨當一面的什麼差事。

中午輔委會在連長室開過一個非正式的座談會之後，連長又把我叫了去，談了一些關于今後學術組應有之工作，末後，他說我面色發青，宜于休養，然而在軍營中哪兒談得上？連長說設法給我時間作為休養，然而還是成問題，那太影響我的訓練成績，連長又說：關于將來升學的問題，（指入伍生訓練結業後）我總要替你想辦法。

七月廿日禮拜三　八二七〇（八二八〇）　六月廿三日　晴

「人生到底為的是什麼？」心情一壞，我就會自然而然的想到這些問題，這兩天心情之壞，是由于連上多了張鏡子，往鏡子裡我看到自己的枯瘦的身材。這幾天因為熱傷風，又咳嗽的很厲害，前幾天的四百咪測驗，雖然進展了九秒，然而比起六十八秒的人家相去太遠，關于這些各方面的對于我的刺激，使我心中感到一陣陣的冷，為什麼我不如人？時時的一個諷刺的笑臉對著我，怎不令人黯然，更加上這兩天內務大檢查的一切做作虛偽等等不合理的幼稺之舉，我感到了生之乏味。任何的喪氣的感觸，我都不願流露給人家知道，白白的惹人家瞧不起，那又何苦來呢！事實上也沒有用處，讓這些憂鬱積在心的深處，折磨我靈魂的肉體罷。

午覺醒來，混身軟軟的一點氣力也沒有，想到年已古稀的父母，現在到底在什麼地方，南京是不會待得久的，然而如果是回去了，那漫長的旅程的跋涉，沒有人照應，該是多麼痛苦，回家後的晚年歲月，又該是如何的清苦冷落，那種日子我太能夠想得到了，以一個年青的孩子怕都受不了那種苦楚，更何堪血氣已衰年事太高的老人家！苦命的爹媽！為一大群兒女勞苦了一生，結果，命運竟如此無情，在老人家的心田裡又將作如何的絕望的想法，父親達觀，心中又有主的真理，在痛苦的一面，至少比凡事推脫不開的母親要好得多，尤其母親又是多病的，我真為她老人家掛懷不已，而且最足以折磨我的，就是重回大陸的時候，是否還可以重見到健在的父母，果真失望了，那種失望的程度又該是如何的深重而成為畢生無法彌補的遺憾，即或在鳳子那一方面使我失望，也決不會如此痛絕。明知這些幻想來的沉悶照樣的會損壞健康，然而我不是一個超人，情感在思想的法碼上至少是重于理智的，這種不平衡，就會使精神上失去平衡，精神上的不安，更加重了泣泣哀哀的情緒，用什麼才能沖淡這種濃厚的悲哀呢？沒有辦法，碰到這種情緒，理智往往都不容易抬起頭來。所以繆綸的易于悲觀，我并不想再去勸勉他，感情的固執，豈是三言兩語所能疏導開來的，反不如聽其自然，或者適中的給點刺激倒稍微見效。

一周以來的生活，應該交待一下：禮拜五為送王精鳳排長而于中山室舉行晚會，香蕉波羅吃不盡，餘興中我參加了男高音獨唱西班牙小夜曲，因為神經緊張了點，而且這支歌並不宜于高音，所以沒有唱好，不過他們也不懂的。禮拜六為著要佈置中山室，又忙了一個通宵，以後不管怎樣，是命令也好，是請求也好，我都應該放自私一點。禮拜日團長檢查內務，這純粹是表面化工作，相當之無聊。禮拜一上午副司令官賈幼慧校閱我們第一營的體力訓練，體力訓練的進度是起跑姿勢、碰膝跳、蠍前行、袋鼠行、突圍等，大家都很賣力，汗水與泥沙凝固在皮膚上，我現在也學會髒了，坐地、睡地、滿身的臭汗如果沒機會洗澡也就算了。禮拜二上午副司令官校閱我們的基本教練，大概這一個階段可以告終，明後天可能開始持槍教練。下午賈又在司令台召集訓話，他的口才相當好，一切都是頭頭有道的，所以雖然講了好久，大家并不感到乏味。

忙了這幾天，今日團長諭休假一天，上午周傳鑫講30步槍的解說，直至午飯，飯後特別規定午覺三小時，醒來時，又集合至工學院打球，我根本不想去，無耐團體間沒有個人行動自由，只得萬分的不開心的隨隊去了，這日記就是在工學院補記的。

七月廿一日禮拜四　八二七一（八二八一）　六月廿四日　晴

當一個刺激加在身上之後，唯一的反應，也許祇應該是消沉悲楚的，但如果并不太重視他，相反的却處之漠然，這種精神是可誇的，但是不是痲木或不知榮辱了呢？這不是太矛盾了？自從王精鳳走後，周傳鑫擔任了我們的區隊長，這人彷彿與我特別的過意不去，真也奇怪，我為什麼會這樣的不順他的眼，以往不管在任何情形下，我從未受過排長班長等之任何指責，我自信我的自愛精神并不弱于任何人，然而，我的行止一切沒有一樣是順他的眼的。甚至于我的皮膚比別人白，也惹他說了一番莫明其妙極其草包的廢話，如果我的意志稍微薄弱的話，真不知要如何的悲哀下去，然而他既存心與我作對，我只有以好自為之的謹慎與冷戰去應付，我實在并不值得同他謳這些閑氣。

七月廿二日禮拜五　八二七二（八二八二）　六月廿五日　晴

持槍教練因為無槍可持，奉命下隊掃地，地掃清了，寫了點矛盾的旋律，連長過來看了點，要我寫完後給他讀一讀，接著又看野牧的日記，野牧的牢騷都被他看到了，其中有一段說：「小康，你還年輕呢，你還要再學幾年呢。」連長看過之後，同野牧談了很久，連長這個人總算很難得，年紀青青倒有這番涵養功夫，實在不多見。就這一點，我很佩服他。

我應該感謝　神的恩惠，雖然是很小的事，今早上腳上的濕氣發的特別厲害，我真害怕跑步，走都走不動了，哪兒還能跑？然而今天卻例外的不跑步了，改為拉單槓、接力跑姿勢，真是救了我的急。我更該感謝神，方霞表兄覆信了，這實在已經是久已失望的事，去信還是二個月前的事，原來他去台北才回來。接到他的信，我又開始了情緒的活動。

七月廿三日禮拜六　八二七三（八二八三）　六月廿六日　晴

早晨舉行二百米短跑測驗，比上次進步了四秒，可是濕氣腳跑破了，寸步難行，真的要人命。

下午團長點名，又是呆立了三四個小時，最枯燥無聊的要算是點名了，情願跑步，上基本教練，我都不願搞這個玩意。

晚上睡不著，同繆綸又談了好久，我們現在感到過往的任何一段生涯都比現在過的好，因此，更使我們心念憧憬著那退役後重返大陸的生活，我們談了好久，全都是將來退伍後的問題，但不知是哪一天，更不知還能不能活到那個時候，這祇有把一切交託給上帝，看　神的意思是怎麼樣的安排我。

七月廿四日禮拜日　八二七四（八二八四）　六月廿七日　晴

上午又是總隊長點名，頭疼之至，坐在樹下無聊得很，同裕民、唯博（繆綸）、炳文寫紙條通信，結果商定下午借一塊大頭去合作社吃酒，裕民說的對：「我們現在不要空想，頂好把現實忘掉，譬如說借大頭而小吃，這在以前我們是辦不到的。」果然，處在這種環境中，的確不能再敏感了，麻木點總是好的，浪漫些更未為不可，若是往壞處想，壞處可就太多了，環境把個人的生活觀幾乎整個的改觀，這在現實的生活中，不能不算是一條幸事，因為這樣，可以無形中擺脫無盡的煩惱。

下午又集合往司令台聽俞濟忠講話，我們沒有去，趕虎賁第二期，裕民炳文跑去打了些鮮桂元吃，桂元的味道很似葡萄。

大家解散回來睡午覺，我們趁機到合作社去，炒了一盤牛肉絲，五碗魯粉，一瓶葡萄酒，五千元的花生米，酒我吃了一點，就覺得不大受用，便沒有再吃。吃完後，靠在窗前談了好久，也是退伍後的計劃，那也許並不是妄想，只要我們拚回大陸，我們總能夠實行我們的計劃，這計劃留著明天再記，今天騰不出時間來了。

七月廿五日禮拜一　八二七五（八二八五）　六月廿八日　晴有陣雨

只要我們五個人（裕民、炳文、野牧、唯博）當重回大陸的時候，而不失散，無論如何我們可以努力于我們的理想，那就是在蕪湖辦學校，或者進一步的辦刊物。對于執教的生涯，我們感到無比的神往，在以往我未始不以教育為極有興趣的事業，祇以當時一心嚮往于昇學，如今的念頭整個打消之後，方才整個的喚起了真性的愛好，所以對于未來的這一項計劃，我期待得非常心切，固然將來回了大陸之後，想教書并不是件難事，在老家我照樣的可以不費心的可以滿足了心愿，不過我總嫌家鄉那個地方太偏太小，如果在南京，那當然再好也沒有，然而成問題的是南京的人事不夠熟悉的，所以若能在蕪湖，裕民炳文他們倆又都有把握搞這些事，蕪湖地方並不算小，而且與南京的交通又很便利，這與我的理想相去并不太遠，所以我之對于這項計劃，簡直可以說是寤寐思之。

七月廿六日禮拜二　八二七六（八二八六）　六月廿九日　晴有陣雨

上午國防部來點名，又是極其傷腦筋的事，整整的枯守了一個上午，從早晨四點鐘起身，直至二時許始回營用飯，這些蠢舉，怎能不使學生們怨語沸騰。

為著把虎賁第二期趕早出籠，午覺也犧牲了，終于趕工趕成，我不再想搞這個玩意兒了，比上操還勞碌人，往往連記日記寫信的空也沒有，然而吃力不討好，同學們眼紅我們，認為我們是特權階級，官長們以為我們藉詞投機討巧，以致心中頗為不快，所以在編者話中我這麼寫了幾句：「由于本連的生活輔委會的產生，我們這一群外行將要把這棵嬌嫩的萌芽『託孤』與學術組的壁報股栽培教養，我們謹以愉快興奮的心情，祝福虎賁前程萬里！」學術組雖也還由我負責，我預備將壁報股另派一人負責，我可以因此減去好多無謂的擾煩，并且要與連長把話說開了。

七月廿七日禮拜三　八二七七（八二八七）　七月初二

我未始不知道我的罪愆，昨早晨發了新斗笠，單巧我領到的一頂尖端已經壞了，想到新斗笠的號碼將由我們來書寫，我動了邪念，我打算換一頂好的，只因為這一點心意上的罪愆，我遭受到了折磨，一夜驟烈的咳嗽，幾乎未得安眠，昨日午覺又犧牲掉，今早上四點鐘又輪到衛兵，繆綸喊我的時候，我心中起了無比的反感，班長叫我免一班，然而繆綸又喊了我一遍，我終于極其憤恨的起床接班，我就想了，為什麼像這麼樣一位算得是很要好的朋友也不肯體恤我一點，我鬱鬱不樂的站在苦雨的芭蕉前面，想了很多，中華日報上各大學的招生廣告又喚起了許多往事的苦憶。後來大家都上晨操去了，營房裡寂靜無人，我這才痛定思痛理智的發現到自己的觸怒上帝的地方，除掉懇切的懺悔，我沒有痛苦。

發餉了，七折八扣，只剩下五萬元，夠幹什麼的？還是吃掉的好，課外活動的時候，五個人又開往合作社去，不意剛至途中，有同學奉張區隊長之命來找我們回去參加同樂會，其實不回來也沒多大關係，不過張對我們一向是很好的，我們總要識時務知進退。同樂會也夠樂的，除掉每人發給一點糖菓而外，我們第二區隊的周區隊長又拿出八萬元來請客，周前後表演了好幾次的歌唱節目，人是活躍的很，但對于他，我始終沒辦法把先入為主的主觀印象推倒。

七月廿八日禮拜四　八二七八（八二八八）　七月初三　陰雨

午覺醒來，颱風帶雨的降臨了，為著寫斗笠號碼，和武器號碼又忙了一個下午，這些事怕已經推脫不掉，連長習慣的非招我們幾個人不可，忙中偷閑的跑到合作社，炒了一盤牛肉絲，一人一碗魯粉，說笑了好久。失陷之後，年已古稀的爹娘一定不會久待在南京的，但若是回到北國，那迢遞的長途，在年老的雙親是如何走法？并沒有人可以伴著他老人家回去，孤苦的、獨獨的回到黃沙的野地，打發著慘淡的晚景，……然而我并不悲哀，從　上帝那兒，我得到無比的慰安，祂必會擦乾老人的淚，也必會使倆位老人家過著祂所應許的福樂，更會保證我重回大陸的時候，仍能一睹健壯的慈容，我堅信，祇要我有堅決不拔的信心　主必不會使我失望，因此，我從　主那裡得到無上的盼望。

七月卅日禮拜六　八二八〇（八二九〇）　七月初五　陰雨轉曇

接連的落了幾天雨，持槍教練依然不歇的操著，這原不是什麼難事，不過就是熟練與否的問題。我沒有槍，拿別人的槍操，總有點感到那個，我之所以生手的，這該是唯一的原因。

傳李代總統蒞台南，并來我們營房，于是又忙壞了不知東西南北的一群，一盆盆水潑亮了水磨洇門汀，歇斯地利的抹拭著窗框門板，結果呢？力氣白費，如果我們天天都是這麼操作的，那倒并不顯得做作的寒傖與可憐。

七月卅一日禮拜日　八二八一（八二九一）　七月初六　陰雨

環境往往就會這麼樣無形的吞噬了一個人的心志，晚點名之後，周排長跟我們談了很久，他希望的是我們能夠自動的習練操槍。我忽然似有所感，漸漸的回想到從軍前與住在水電路的時候的心志，那個時候該是抱著多麼大的向學精神，我同野牧在交談中，彼此都流露出這種堅毅不拔的決心。然而到台灣之後，一切的一切，使我感到這只是一個騙局，其手段並不比共黨少卑鄙到哪兒去，這以後，我好像一個女人誤嫁了人，自認命運的演成已經非人力所能挽回，便抱著度一日少一日的消極的心意，只把這訓練視為苦難的過渡時期，只要咬住了牙齒熬過這苦難，只要再重回大陸，我可以解脫這哄騙的桎梏，而從頭創造我的新生命。如今經他這麼一提，我覺得應該不受環境的更改，而抱定了初衷，且不管現實是怎樣的醜惡。過去我對于操作上并不是偷懶或討巧，我實在在鞭策的方式下已經很盡力了，但我承認并沒有自動過，今後我可能還能喚起當初的雄心，這要看我的理智是否還能打起氣來，一切都掌握在他的手中。

下午大家去看電影，我們留在家中又有工作，王排長自鳳山來，由他口中所談的一切，很使人灰心，最令我痛心的，還是政府的一般大人先生，處在這種危機四伏一觸即衰的局勢下，依然故我的勾心鬥角的不知亡國恨，孫立人司令官因為不是黃埔系的，以致被排斥至如此程度，何苦作繭自束！

八月一日禮拜一　八二八二（八二九二）　七月初七　曇

離家四個月了，四個月的日子是辛酸的，假如一旦見了親人，我一定會情不自禁的掉下淚來，何況前面還有一大堆更其辛酸難以預料的遙遙無期的日子，真不敢想咬緊了牙齒等候未來的命運來折磨吧！

我難過了好久，我決不承認那是我的過錯，上射擊教練，周排長主講，命我在射擊箱上貼紙，他并沒有交待我作何貼法，我原想把四個角貼上的，又怕他說我做事太馬虎討巧，便四個邊均刷上漿糊，不意他發起脾氣來了，事情是很簡單的，交待我只貼四角不就算了，白白的被他當眾罵了一頓，真惱人到極點了，這怎不叫人心灰意喪，新軍教育原來是這麼樣的不合理！

晚生活輔委會主持座談會，推我為紀錄。會中同學發言熱烈空前，多半都是苦悶已久的牢騷，平時怎樣受班長的氣，連上怎樣的不合理，牢騷一大堆，但究其竟有否用處，尚須等事實證明。

八月二日禮拜二　八二八三（八二九三）　七月初八　曇

日來牙疼的很，吃起飯來非常痛苦，但又不能不吃。陳群病了，前夜颱風襲來，因為沒有蓋被而著了涼。前夜我醒來為繆綸蓋被時，就自然而然的想到母愛的偉大，近來時常咳嗽，也是因為日間疲乏，晚上又熱燥，一覺睡著，下半夜涼起來一點也不覺得，以致不知間，招了涼。在家時，一夜之中，母親總要起來在兒子的床前轉幾遭。一個人不管年紀多大，總離不了母親的愛，尤其飄洋過海的今天，更容易去追懷母親的慈祥，追懷之餘太息何似！

晨上基本教練，周排長上任以來第一次誇獎了我兩句，我并不因此以喜，但願他并不是從心底厭惡予我就好，而且這樣至少可以為我打起氣來。

晚連長主持座談會，係答覆昨晚同學所提諸項問題，我因頭痛異常，遂未能參加，但我非常需要去聽一聽，後來躺了一會，終于支持著去聽了一些，連長的答覆，沒有一項不是令人愉快滿意的，但事實上可能并不如此圓滿，即或就不是連長開空頭支票吧，但限于經濟的枯歇，著實沒有辦法，例如寢室增設燈泡，開水中放茶葉等雖是很小的問題，諒也不容易實現，至少有一部份的圓滿答覆，是令人假歡喜一陣的。

世界上為什麼有音樂這個東西？晚上頭暈躺在床上，隔壁一連的營房裡送來收音機播送的西洋名曲Old folks at home. One day when we were young, one wonderful morning in May 等曲，給我帶來無限的悲哀，接著如怨如訴的「寄生草」，向我追述著那些迷糊的往事，人是不容易丟開往事的懷念的，尤其現實的惡劣，更刺激人去沉醉在甜蜜的回憶中，因此，更塗濃了悲零的色彩，成為一幅低沉的畫面，像古代的字畫褪了色，陰沉沉的看不清也分不出。

八月三日禮拜三　八二八四（八二九四）　七月初九　曇

群的病竟忽的沉重起來，熱度高的可怕，醫務處又沒有受用的葯，醫官又擺架子，可真夠氣人的。

晨射擊教練，瞄準模型完成後，經過連長嚴緊的檢查測驗又通過了瞄準桿的第二道防線，箱上射擊經過趙區隊長檢查後，算是又完成了這一個進度，剛開始三角射擊時，不巧下課了。對于瞄準，我唯一的感到頭疼的是右眼近視，瞄起準來非常吃力，成績可能因此受到很大的影響。

晚飯後與炳文出去為群找私人醫院，我以為事情還沒有至那種程度，反倒給病人加上一重心理上的恐怖，但既然有這種動機，我不便加以可否，便陪同他去了。在王松根醫師處遇到一位內地的女太太，經她的一再介紹，知道王松根的病理學非常好，他是東京醫學博士，一身的舉動都肖似日本人。經過一番考慮之後，我們換了先前的主張，把他請到營房來為群診療，據他診斷的結果，可能是惡性瘧疾，在群的耳朵上抽了血帶回去驗才能確定。

八月四日禮拜四　八二八五（八二九五）　七月十日　曇

上午的持槍基本教練中的操槍法，不知怎的，我老是做不好，昨天下午我獨自的練習，操了一身大汗，成績操的很好，不知今天為什麼這麼低能起來，虧得這不是測驗，否則，那才有點冤枉呢。

下午國防部派員來點檢並考查同學學歷，集合在司令台前，一站就站上二個多鐘點，我身上一陣陣的感到不舒服，頭昏、身上發燒，好容易支持回來，躺了好久，晚飯實在吃不下，泡了碗辣椒湯吃了，飯後似乎又感到些寒意，我最怕請病假，自己的身材已經夠瘦的了，別請了病假惹人白白的恥笑，只要能夠支持，我總打算不請假。八時集合，我頭昏的實在起不來，請副班長代為報了。誰知值星官硬是不依，非叫我集中不可，無耐何只好昏天黑地的挨到集合場，身上剛出了點汗一陣冷風吹來，不禁的打了個冷顫，幸而值星官并未堅持下去，算是叫我回房安息了。

八月五日禮拜五　八二八六（八二九六）　七月十一　曇

上午射擊教練的三角射擊，我的三點可以用鉛筆後端蓋上，這令我興奮的很，不過非常之吃力。

中午炳文非要邀我陪他去打聽私人醫院，這原不是裕民的本意，可是我又不便過份推却，免得惹他說我對朋友太不肯出力。只得犧牲了午覺，陪他毫無目的的跑了一個下午，結果也沒有跑出頭緒來，只有一家壽生醫院有房間，光是房錢每日廿五萬，伙食、醫葯都在外，而且還沒有看護，然而炳文偏認為可以住院，難不成是鬼糊住了心不成？他太幼稚了，又打算明天去台北一趟，我也不便過份干涉。回來洗了個澡，周區隊長問我好了沒有，并且極慈祥的在我的額上撫拭了一番，這給予我無上的慰安，我這個人就是這樣，人家對我一點點的好處，都會使我永記不忘，我是不大斤斤較量于舊惡的。

決意把陳群送陸軍醫院，野牧、炳文、我，以外又請了位同學提早吃了晚飯抬他往醫院去，到醫院已經是差一刻到七點，差不多都下班了，等了好久，才有人過來試熱，直到天黑，他們才宣佈沒有病房，而且也沒有住院的必要，炳文同野牧性情暴燥，同他們大吵大鬧起來，鬧了好久，也沒有得到要領，只好再把裕民抬回來。那種腐敗的僚氣，使我想到曹禺筆下的蛻變描寫得太真切了。

誰知道程潛這老傢伙又叛變了，照這麼說，長沙恐已不保了。

八月六日禮拜六　八二八七（八二九七）　七月十二　曇有陣雨

這些苦處都是沒辦法說的，我現在剛剛誠心的向學，早上班教練的時候副連又把我叫了下來做值星名牌和意見箱，我不是特為這些工作而來台灣的？可是長官的命令怎好違拗？

今晨開始持槍跑步，以前徒手跑步苦的是兩條腿，如今卻又苦了一對胳膊，跑步過後又是持槍晨操，也相當累人。

不獨是程潛叛變了，而且以死守四平街聞名的陳明仁（湘省主席）也叛變了。

這還不是鬧派別鬧意見的結果，以陳明仁那種守土的精神，那兒就誠心投降，這麼一來，我們對于光榮的重回大陸感到了一陣陣的隱憂。同時美國對華的白皮書今日發表了，全文著重五年來中國問題的檢討，對于政府的指責是「中國政府的失敗，完全因為其本身的自私、腐化，和軍事上的錯誤。」并且說：「沒有一次的戰爭失敗是因武器與軍火而發生的。」其文繼稱：「對于一個已經完全失去軍民信仰的政府，美國除非整個的干涉中國的軍事、政治與經濟，派遣軍官領導中國國軍作戰，并以向所未有的數額援助中國，除此而外，無法挽救這種頹勢……」基于這種種不幸的消息，我們感到我們的前途暗淡極了。

明天發餉，七萬元，扣剃頭一萬，扣草鞋兩萬。來台月餘，只發一雙鞋，這與簡章上的諾言該相差多遠，如今叫我們自己打草鞋，還要在餉上扣除，成什麼話？怎不令人心灰意喪！寫信覆定華，又是牢騷滿篇，這是難免的。

八月七日禮拜日　八二八八（八二九八）　七月十三　晴有陣雨

上午為著做意見箱，大家去看電影，我也沒有去。炳文去街上買了魚來打牙祭，中午一頓油炒飯紅燒魚，倒吃得很痛快，不過烹調技術之差，以致影響了胃口。

日記是由周區隊長看過了，其中對于他的幾處記錄，不知又作何觀感，總不會生氣的吧！

午覺醒來，很感困憊，副連長又叫了去嚕嗦了一些無謂的事，這人比從前的蔡區隊長還夠嚕嗦的，也是那麼樣的太太脾氣好容易應付過去，實在感到無法支持，終于倒下來，發燒頭暈，沉沉的睡至天黑，晚飯沒有吃。恍惚間周區隊長過來撫我的頭，嘆息良久，我當時本想坐起來，可是混身酸痛得一點力量也沒有，感念之餘，想到對于一個無告的流浪人的施捨，是相當不吃力的，但好多的人連這一點不吃力的施捨也不愿意做。

不得已，請了全休，這對于我該是一種侮辱。

八月八日禮拜一　八二八九（八二九九）　曇　七月十四

我們五人之中，除掉虎子，大家的情緒又趨于低潮而惡劣起來，尤其我同阿菲利加，因為疾病所加于的苦惱和大陸上的戰事趨于惡化，我們自然而然的去懷疑到我們苦是不是終歸于白受。一切的苦難折磨不了我們的意志，可是精神的受摧毀，實在太可怕，目前吃的壞、穿的壞，一切都不是一種獨立性的威脅，還是歸咎于事實上已經使我們失去盼望，像西點軍校入伍生所受到的兩個月的野獸教育，顧名思義也知道那完全是一種蠻橫不講理的教育，但那并不是整個的抹煞真理，而且在營養上及教育的意義上并不是「單行法規」式的毫無道理，再說，那種盼望又是如何的高，有理想的吃苦，是快樂的，我們現在的境遇如何能談到有理想，實在無理可想。

吃瀉鹽之後，從一點多鐘至晚點名瀉了六七次，人可經不住這麼瀉，何況我的底子又弱，更感到體虧的很，混身癱軟無力。不得已又為明天請了全休，聽說這一週的進度相當快，真令人著急。

八月九日禮拜二　八三九〇　曇　七月十五

南華經外篇胠篋——：故絕聖棄智，大盜乃止；擿玉毀珠，小盜不起。焚符破璽，而民朴鄙；剖斗折衡，而民不爭。殫殘天下之聖法，而民始可與論議。擢亂六律，鑠絕竽瑟，塞瞽曠之耳，而天下始人含其聰矣；滅文章，散五彩，膠離朱之目，而天下始人含其明矣；毀絕鈎繩而棄規距，求麗工垂之指，而天下始含其巧矣。

讀了這段南華經，尤其又當我這情緒正鼓于「出世」高潮的當兒，我醉心在莊周的思維中，像那種「昔莊周夢為蝴蝶，不知莊周之為蝴蝶，抑蝴蝶之為莊周」的逍遙的人生，又何嘗不是處此亂世之秋每一個人心中所神往心馳的境界，只是現實把人死拚的抓住，牢牢的掙脫不掉。若人生果能臻于莊子所理想的界境與他那對于一切都淡漠冷然的人生觀，世界何致于像今日這般的悲慘，想到這裡，我又感到人生的空虛與理想給人所帶來的不可瀰補的絕望，當我在「入世」的思潮正于澎湃的當兒，我何嘗不去恥笑這種與世不勝，故捏說自解的阿Q精神主義者，曾幾何時，自己竟不知不覺間做了恥笑的對象。

陳群與炳文去台北，趁夜班快車走了，晚于病室中輾轉良久，耳邊不斷的呻吟與呼喚，月光偷進了窻檻，多清淒的夜！

八月十日禮拜三　八二九一（八三九一）　曇　七月十六

我請病假實是萬不得已的，只好又改請了半休，晨洗汗衣，周區隊長關切的要我好好的多休息兩天，我又是感激不勝。的確，一個人的觀感很少不是隨主觀而定奪的，早先我并不覺得周排長不是一個標準的排長，然而那是客觀的，客觀的總難戰勝主觀的，人是難以不以感情用事的，而且又是年青小夥子。

中午被連長派定（有野牧）去應張處長之傳見，連長代為說項與某少校推薦我至彼政工處，如果可成，也好，我雖不有意于此工作，但對此工作尚不致乏味，而且可以在工作中求其進他自己所喜愛的東西。

八月十一日禮拜四　八一九二（八三九二）　曇　七月十七

今天開始吃乾飯了，周排長還有些不放心。其實我真的著急明天不管復原與否，我決不再請假了。

午覺醒來，唯博走來告訴我空軍子弟學校招聘教員事，我忽然想起遠銳在是校當音樂教員，順便寫信問問他是否可以幫忙，我們要想去應考實在是不容易的事，第一就沒有辦法出營房。也實在蹲得著急了，有條出路總想離開此地。

八月十二日禮拜五　八一九三（八三九三）　曇　七月十八

人是受不住折磨的，也就往往無形中被環境所改造，我自己變了許多，這種變從勉強中成了習慣，我從前那兒會這麼髒？大熱的天，一條褲頭會穿上一個多禮拜，有時也往往兩三天的不洗澡，乏了時候，會躺在地上睡覺，滾得一身的泥，照樣的帶著它吃飯、睡覺、穿衣、寫文章，唉，好好的就被糟蹋得這麼拉蹋，這種髒、饞、懶、呆的丘八生活，如何在我們未從軍前所能想得到的？將來上了戰場，真不知更要生活得怎樣的原始化呢？

我痛心疾首的為著我那支施德夫筆被親仁借去給丟了，怎麼好呢？大家都窮得要死，要他賠也賠不來。

八月十三日禮拜六　八三九四　曇　七月十九

昨天陳群、炳文都應該回來了，然而到今天還沒見影兒，好多同學已經懷疑他們是否會就此開了小差，我原是不相信，但到了晚上還不回來，我這種信心也使起了動搖，晚點名之後，他們終于回來了，他們這兩天總算吃喝玩耍都滿足了，很令人豔羨，不過乍乍的回來，一定又忽的會感到痛苦起來，那就等于我當初在勵志社吃了兩餐糙米飯一樣，回家後少不得再補上一餐。

夜晚，黑暗的操場，榕樹下我們被集合成講話隊形，一盞油燈在昏黃的閃動著，照著每一個同學鬱鬱的臉，連長終于把前日開小差被抓回來的一位姓鄧的同學拉出來行刑，一下下肉與扁擔的撞擊，加上無力的慘叫，表露軍營中慘厲猙獰的面目，我忽的難過痛楚起來，誰能沒有一顆同情的心呢？連長命每班出來一位學生打他三下，同學們當真沒有人性了？結果在同學的裹足的遲疑下，班長們都奮身上去死命的打了起來，我并不反對軍法，但班長們打的用意卻不是在執行于軍法，而是洩憤，就便給同學們一點顏色看，有兩位班長打得特別重，而且還打四下，（若非連長喝止，可能還多打兩下）結果打聽得到，鄧某曾經欠了他們一點錢，他們料著償還無望，便在這上面洩起憤來，相當卑鄙！

八月十四日禮拜日　八二九五（八三九五）　陣雨　七月廿

現在的禮拜天，對于我已經沒有好感，可能的這一天比平時更忽忙，然而今天却又例外，上午是忙過去了，下午可閑著，吃過午飯睡了兩三小時的覺，醒來洗洗澡，躺在床上讀了幾篇Hardy的She misses her sister，晚飯快要開了，值星官才集合我們到草坪上去做做遊戲活動活動，怕我們待會兒吃不下飯。每個禮拜日如果都能夠這麼過，倒給人生氣不少。

晚點名時，連長把我們投考時的證件發下了。蹲在廁所裡把自傳又從頭看了一遍，想到那時候該是怎麼樣的心情，如今竟變成這等樣子，我很想再打起當初的那種勇氣，無耐事實迫著人要消沉，不過連長同我們的班長說的對，到今天苦也吃了這麼一大堆，以後的日子可能還比較好一點，如果這個時候再走掉，實在可惜，我也就照這種觀感做去了，好在還有二分之一的苦。

八月十五日禮拜一　八二九六（八三九六）　曇有陣雨　七月廿一

我們的周區隊長病了，我們第二區隊是怎麼了，前任的五區隊長也是病了那麼些時。

今日為副連長工作一日，抽空又寫了一點矛盾的旋律。晚于床上虎子忽的問我，將來回到大陸上，萬一同鳳子不能天長地久，當作何感？我以為這可能已經是意料中的事，我也早就打算過了，到那個時候，這件事情果真無法補救，我還要好好的幹我的事業，但如果三年之中事業并不順心，我決意進修道院，圖他個清靜無為度一生。

據說與大陸上（指京滬一帶）現在已經可以通信了，等發了餉，一定寫封信回去。

八月十六日禮拜二　八二一九七（八三九七）　陰雨　七月廿二

晚飯吃鮮魚，比前幾次的鹹魚當然好得多，我吃魚特別有辦法，懂得什麼地方味美，什麼地方刺少，桌上四個人，我坐下來時，他們早就開了動，而且已經吃下去了一條，結果還是我吃的最多，而且一根魚刺也沒有吐，他們眼紅，那可活該！

八月十七日禮拜三　八二九八（八三九八）　陰雨　七月廿三

這兩天天雨，許多術科也都無形中停滯住，開始打草鞋，我們到此地已經三個月多，可是只見了一雙力士鞋，不打草鞋也就沒辦法了，可是我們沒有空，明天連上打靶，靶場的設備一切都要我們來搞，下午大家整隊去看電影，我們也沒能去。

午覺竟會夢見一個無論如何也想不到的人，真奇怪，不過這又引起了我寫「燈下」的動機。寫矛盾的旋律，已成膠著狀態，這兩天的進度非常之慢，而且有些不倫不類。

八月十八日禮拜四　八二九九（八三九九）　陰雨　七月廿四日

近日來氣候惡劣，身上的濕氣也隨而發狂，臀部瘡斑點點，坐臥不安，昨夜很晚很晚才入睡，真痛苦極了。

犧牲了午覺未睡應羊君之邀去甫開未久之三團合作社食品部吃麵與鍋貼，口味雖不太佳，但却是內地口味，比一團合作社的台灣魯麵等要高強得多，打算發餉時，來吃一次紅燒蹄膀、饅頭。吃過飯靠著椅子談天時，周區隊長來了，同我們談了好久。

禮拜五　八月十九日　八三〇〇（八四〇〇）　陰雨　七月廿五

為連長抄寫斥候講義，又消磨了淅瀝滂沱的一個整天。發餉了，不過錢雖領下來了，還要等明天發，由炳文去交涉，特務長先借支了四十萬元（野人、虎子、羊君、大耳兒同我五個，薪餉是每人十二萬，半個月的），晚飯沒有吃，趕到合作社一共吃了五碗牛肉麵、卅個饅頭、兩碗炒麵、一碗紅燒肉、兩碗牛肉湯，吃得四十萬乾乾淨淨，羊君又添了兩萬。的確是足了，回來時，張錦文請吃花生米，竟一粒吃不下，所謂：嚥不下玉粒金波呷（噎）滿喉！

曾幾何時，金元券已是一周年，想到去年今日的八一九限價，給我們真不知帶來多少希望，不意一年後的今天，金元券就這麼壽終歪寢了。嗚呼！

八月廿日禮拜六　八三〇一（八四〇一）　曇　七月廿六

說是日子難過，但却這麼快，尤其這一個周陰雨連綿，更覺得太快。昨夜被子未蓋好，受了涼，今天肚子疼了一個下午，雖然肚子疼，但還閑不下來，還是要工作。晚上寫名條，直寫到十二點方始入睡，野人也病了，為他請了個全休。

八月廿一日禮拜日　八三〇二（八四〇二）　晴　七月廿七日

全市的自來水壞了，正在搶修，然而水源成了問題，大清早排隊至工學院就著唧筒，大家草草的洗盥了一番，回來時，又開始最令人傷腦筋的整理內務，等候總隊長來檢查，不過我們四個人是例外，他們忙的滿身大汗，我們却在屋子裡涼快，但也夠忙的，寫這個，搞那個，然而勞心者至少比勞力者要消閑得多。

晚飯後恩黎（羊君）大耳兒提議去看「大團圓」，我這奉公守法的人感到那如何使得，但「大團圓」對我的誘惑太深了，終于冒了這個險，向值星官報告找水洗澡去了，便偷偷的整裝出了營房，到世界戲院的時候，片子已開了一半，接著又看九點鐘的一場，九點卅五回來，急促的急行，滿身大汗，廿分鐘跑回營房，然而大門已閉，衛兵把我們帶至衛兵司令室，盤問了好久，虧得傍邊一位官長代為說情，否則，險些兒要關禁閉。進得營房就不在乎了，大不了被值星官或連長罵一頓，翻轉我現在也過得臉厚了，打罵由你，好壞我自為之。這次為著看電影而冒此險，過事之後，再一回省，未始不沒有意思。在整個入伍生總隊這也許還要算我們是第一次的新記錄吧！不過刀槍葯雖好，不如不割為妙，以後還是少來這套把戲。而且跑回來大汗如注，衣裳像從水裡提上來一般，可相當難過，又沒有水洗澡。

「大團圓」的成就，與我的理想相差很遠，除掉藍馬、石羽而外，所有演員都不太好，要末還有吳茵，不過也就成了定型，沒有什麼新奇之處，片子題材也并無新奇之處，末了張家的姊妹又重新到解放區去了，這一段已被剪掉。全片的成功要算是富于人情味的小動作與道白，除此而外，我以為沒有什麼了不起的。

八月廿二日禮拜一　八三〇三（八四〇三）　七月廿八日　晴

日來臀部瘡疾大發，每至深夜，始能入睡，癢痛異常，在床上翻來覆去睡不著，混身大汗，加之這幾天水源斷絕，無法洗澡，身上的痛苦，難以形容，想到約伯所受的試探，我這還算甚麼，不過我悔悟了自己的罪愆，我是咎由自取，我的受罰也許并不算甚麼回事兒，只求主恩憐恤，容我懺悔，我并非執迷不悟者。

重回大陸并不致于成問題，然而想到時間的難熬實在寒心，前天中午午覺之前，隨便的寫了幾句，不意比我更脆弱的虎子，意因此勾起了無限的悲感：是的，當我們再踏到那塊「生于斯，長于斯」的鄉土時，興奮的確是夠興奮的，然而留在內地的親友的子女向我們請安時，一種strange的稱謂，會叫我們忽然的想到要照照鏡子，然而鏡子裡的我們，早就變了像，可能在鬢際還會找出幾絲白髮來，這些事真不敢料的，記得從前讀過一篇Rabert's dream，那意思就是這樣，如今親身的體味到了，怎能不憂懷傷感。

八月廿三日禮拜二　八三〇四（八四〇四）　七月廿九日　晴

昨夜為瘡疾所擾，未能睡好，實在痛苦，在操場上徘徊了良久，夜深人靜，更令人跌在懷想的網子裡，牽牽絆絆的，也不知廿多年之中，怎麼會留那麼多的回憶，想得已經非常吃力了，但還是要想，好像故意的要把這種悲慼氣氛加重了，強調起來。

姓名	學號	住址
徐為宏		上海復興島行政院物資局第二儲整場警衛第二中隊
陳　錚		安徽徽州七二八三轉七二一六部隊政工處
楊懷民		安徽蕪湖上二街清真寺第七兵站支部經理室
吳安甯		上海中山北路大夏大學　南京衛巷新安里十五號
陳子雲		南京下關惠民橋十三號
朱　圻		青島市李村區九三四二部隊翔一信箱
葉　鐘		青島市八四八九部隊鵬一信箱坿八一號
徐遠銳		台灣台南岡山鎮空軍子弟學校
伍乾霖		南京太平路遊府西街浸信會堂
張方霞		台灣鳳山赤山官舍六十五號第三演劇隊
朱秀媛		南京朝天宮西街一一〇號之二
嚴定華		鳳山陸訓部工兵大隊軍士隊

今天第一次開始實彈射擊，各人都感到一種新奇與擔心，今日的成績，并不算太壞，不過射擊這個東西說他是硬功夫，倒像并不，但說他可以討巧，卻又不是，真令人不可思議，有好多平時射擊練習非常用功的，却成績并不太好。而一次未參加過教練的全休病人却得到十八分（廿一分為滿分，十分為及格），我若不是去歲在家大哥叫我打了一槍，今天不說射擊，單是打一鎗也就夠預先心跳的了。今天雖打十四分，但在我却已經滿意，射擊教練我祇上過四〇小時的課（全課六〇小時）而右眼又非常之近視，所以祇須及格，我也就不必再埋怨自己之為何不如人。不過我擔心的是以後因為眼睛的近視而大大的影響到射擊成績。虎子這次只得十二分，連我也替他叫冤。我、虎子、野人連長命我們從靶場提早一小時半回營，走工學院的唧筒并帶了桶水回來，洗了個痛快澡，這幾天水源斷絕，身上可髒的要命，沒個孩子形了。并且又用開水沖了點「攻克水」洗了洗臀部的濕瘡，今天三大快事，打靶子未太差，洗了個痛快澡燙濕氣。說起燙濕氣，又想起了大哥曾經說過：「燙濕氣之痛快，南面王不換也。」

八月廿四日禮拜三　八三〇五（八四〇五）　晴　陣雨

說是校長閻麟徵今日來校視察，這可忙壞了我們，下午大家上戰鬥教練去了，我們被留在中山室工作，正忙亂間，忽傳校長已到，副連長令我們廁所裡隱蔽一下，免得校長盤問起來，與他們官長們不利。誰知我們剛到廁所，校長同賈幼慧副司令官跟後進了廁所，畢竟是辦教育的，與平時將官又是不同。校長是個頭號大胖子，身穿草綠中山服，掛中將肩，其實他是上將，又是陸軍總司令。

晚上又忙至夜深，一切始就緒，中山室佈置的停停當當，準備明日校長來檢查內務。我們的衣服又燙得四平八穩，可是明天檢閱時經不住臭汗一淌，還不早就走了樣？

八月廿五日禮拜四　八三〇六（八四〇六）　晴有陣雨

清早四點多鐘就起床了，天剛亮就開始早餐，熱稀飯急促的吃得滿身大汗，飯後整隊集合司令台前，等候良久校長方才坐著黑轎車到場，接著又上了吉甫閱兵，這才開始訓話，講的是本校訓練之綱要，一、精神，二、生活，三、學術，四、體格，五、紀律。預先又是發了一場牢騷，不過有些話是故意挖苦站在旁邊的副司令官，再而言之，也是間接的諷嘲孫司令官，如花槍啦，留洋學生照樣的吃敗戰啦！孔宋豪門啦！（孫的後台是宋子文）等等，理是有理，但似乎不應該出自派系之心的再加重彼此間的隙間。

從司令台前回來，又是射擊教練，這是做給校長看的。因此把器材都擺好之後，坐在樹下吃茶乘涼，直至吉甫車聲音傳來才快跑就射擊位置，裝模做樣的做了一番，校長的吉甫在操場上迴視了一番之後，從後門出去，到野外去看別的單位的戰鬥教練，吉甫剛走，這邊就收操吃飯了，一頓鹹菜熬魚，吃得頗為可口。下午戰鬥教練還是要做給校長看，穿著草鞋在野外跑，真要命，腳磨破了，跑起來欲速不成。今天的課目是散開運動散兵行，散兵群，散兵半群我都未學過，連長個別的同我講解了一番，結果我做的比那些整天上操的同學並不差上下，這本來都不是難事，只須稍加留心，有什麼問題呢？

七月份的副食追加下來十三萬，我想再借虎子幾個錢湊起來買本日記，不意副連長硬要全部扣下來買置連上東西，結果各排推選同學代表一再交涉，好容易要求，算是扣八萬買豬，餵養著準備過八月節，另一萬買筆記簿，實發四萬。單是這種不合理的舉動，就叫人實在不想在這個圈圈中留待下去。

八月廿六日禮拜五　八三〇七（八四〇七）　晴

今日下午是時小排長值星以來的痛快日子，上午持槍教練，同體力訓練，體力訓練中之戰地運動實在要命，在工學院滿生扎人之草的草坪上做草坪運動，混身大汗滲合著泥與草種籽，刺鬧得混身起雞皮疙瘩。中午午覺正酣，大耳兒跑來把我喊醒，虎子、羊君一共四人去合作社吃了碗肉絲麵與炒麵，所發的四萬元又是完蛋大吉。回來後上戰鬥教練學科，榕樹下坐了兩小時，臀部的濕瘡，一陣疼、一陣癢，令人不安，課後集體至中山公園瀑布洗了個痛快澡，回來後提早吃飯，因為要獎賞這次射擊十四分以上的同學去看電影。飯後留在家的我們四人（大耳兒十六分、野人十五分未去）抽煙談心，又談的是未來辦學校的理想，多迷人的憧憬啊！它使我們忘掉了痛楚的現實。

整個的下午優閑的度過，又做了次南面王——燙濕氣。

八月廿七日禮拜六　八三〇八（八四〇八）　晴

上午四個小時的戰鬥教練，我因徒手，被派為重機槍目標坐在樹蔭下呆呆的消磨了一個上午。今早長跑，頗為累人，但并不是吃不消。一切的操作我都不感到有什麼可怕，最討厭的還是睡眠不足、營養不良。每逢睡覺睡得正酣的時候，被331155|—331|—515|313531……喚醒，真是滿肚子的氣憤煩悶和一種叫不出名堂的

憎恨，恨不得馬上開小差離開此地，吃飯時也是如此，除掉燒魚、黃豆芽、芋頭而外，我一見蘿蔔、冬瓜、洋瓜就頭疼，談到蘿蔔，就想起南京產的好吃，又香又鮮，不過那也是油水足的關係。

下午照例的是環境衛生，打掃完畢之後，由張值星官帶中山公園去洗澡，張排長是連上同學們公認的神經病，為人幽默風趣，但却喜怒無常，人倒很乾脆。

羊君被推選為供應站監察委員，這一去就是一個月，真令人豔羨，等于放一個月的特別假。我要求他好好的珍貴這一部份優閑的時間，至少應該有一部作品出來。他笑著答應了。

八月廿八日禮拜日　八三〇九（八四〇九）　晴

禮拜日，又是禮拜日，以往，不問是讀書、是教書、是閑著，總愛這可愛的安息日，然而如今，我很少有過四五個月不進教堂，尤其這一天比平常更令人頭疼，所作所為都是些極無聊的工作。一套壯丁服，髒而臭，但非要折得四角六楞的像塊湖南豆腐不可，有啥意思？

十點鐘左右，同大耳兒去副食供應站找羊君同余超撩天，余超趕巧身邊分文皆無，只好請我們吃生蘿蔔，吃鍋巴沾白糖，鍋巴沾白糖倒很好吃，有鳳梨的甜香。

下午作撲蚊標語，戰鬥教練沒上，上午的班教練也未上，只是晚上為疊衣裳而搞了一身臭汗。明天校長又要來校閱，傷腦筋。不過據說前日參加受檢閱的同學每人可以得到一雙鞋子，這在我們至少可以算是一件喜事。

昨晚夜深同虎子、野人在院子裡談了好久，虎子這幾天流年不利，老會受罰，他比我脆弱得多，簡直受不了一點點的刺激，我現在真不知樂觀到哪兒去了，所以我希望他能趕緊的做一個主的信徒，自然而然的就會為主見憐而解脫無限煩惱。

羊君的日記上寫著：……啊，多美的禮拜六的下午……海子挎著鳳子，虎子挎著馬麗，野人、炳文，甚而至于我……

我最近似乎不大再去想那些了，我并非不相信鳳子，只是擔心著時間與空間拉得太長太久，……還是不去想它吧！

八月廿九日禮拜一　八三一〇（八四一〇）　晴

上午是班基本教練，穿草鞋操之總難整齊，一因磨腳，二因鞋底太軟，操起來總缺點勁兒，操不多久，連長又喊我下來做佈告欄，接著下一堂的學科也沒有上。

下午吃了大耳兒的虧，午覺時，硬拉著在地洞中躺著吃花生米撩天，我很想睡，這些時午覺簡直成了習慣，然而他拍著胸包險我下午可以在家繼續搞公佈欄，我也就有持無恐的放過了午覺，不意集合時，他只為自己報告下來了，可苦了我，午覺沒有睡，上戰鬥教練，偽裝、運動與射擊，爬得滿身是泥，勁疲力盡，令人懊喪之至，但也沒辦法，回營時，行列走在沙礓路上，值星官一高興，兩步一跪下，三步一跪下，膝蓋被石頭尖搠破了，鮮血直滴，回來後，只覺口渴，喝了那麼多的水，飯也不想吃了，好容易挨了一碗稀飯、一碗乾飯，不過中午吃魚，多吃了一碗多，算是補上了。

晚同羊君撩天，又扯到童年的回憶，令人神往于那種渾噩的日子，去矣！不復返矣！

天氣倒不熱，只是人多空氣不流通，入夜已深，還是滿身大汗，又同羊君到外面抽抽煙，汗水立刻就乾了，想到在台灣做一個文差事，單是這不太熱又不冷的氣候，就真夠爽人的。

八月卅日禮拜二　八三二一（八四一一）　晴

早晨是校長訓話，值星班長過度緊張，五點差十分吹哨起床，結果大家著裝之後，值星官又命上床睡覺，至五點五十分起床。

我到很想去聽校長訓話，不意出發前，副連長又要我下來做打靶記錄表，上午就這麼消磨掉了的。

下午做佈告欄，戰鬥教練未上。晚飯又是吃魚，這是八月份供應站的結餘，聽說明天還可以吃一餐魚或者肉。現在我們沒有辦法說我們愛吃什麼，只要比煮洋瓜、煮冬瓜強的，我們沒有不愛吃的，真是饞的要死，臨行前，六姐特為我每餐做些魚肉吃，現在卻恨那時為什麼不多吃一點。然而，多吃又該怎樣？如今肚子裡的油水早乾了，乾得人打不起勁來。

晚上大家洗澡去了，我呆坐在花圃中聽一連播送的交響曲，我自欺的設想著這是學校，暑假中同學走得差不多了，剩下的空房子讓軍隊住著……我勉強著自己沉醉了。

八月卅一日禮拜三　八三一二二（八四一一二）　陰雨

早參加聽訓，校長講的是「現代軍人應有的認識」，軍人的應有條件他列在黑板上：體、學、魂、面、手、心、意志、性情、特性、生命、歸宿。有的地方講得非常深刻。

從早上到晚上，淅淅瀝瀝的下著雨，下午大家看電影，我同野人溜到供應站同羊君鬼混了一陣，今天魚肉都發得太晚，要等明天才吃得。

大衛兵輪到我們二連二排，幸而連長臨時叫我下來，又免掉了一重痛苦。

下午是安閑的度過，他們看電影去了，天怕要下雨，而且片子也不好，便同群在供應站略談了一陣，野人來了，同余超要了些白糖到廚房裡要了些鍋巴吃，在此地吃糖真不算回事兒，甚而至于不想吃了。

雨天，躺在床上讀張天翼畸人記的畸人手冊，出走以後，和呈報這三篇完全是描寫著新與舊，正義與邪惡，真理與虛假，理想與現實的各種不同方式的搏鬥，尤以畸人手冊一篇，我想起二哥也是那種人，我同羊君談這問題談了好久。他們從電影院回來了，落湯雞一般，虧得未去，但晚上又順他們的大褂襟兒吃了一些糖薑茶，在內地的丘八爺那兒有福氣吃糖茶？這是在台灣的足以向內地人自豪的。

九月一日禮拜四　八三一三（八四一三）　曇　閏七月初九

上午的基本教練照樣的上了，下午兩堂學課，第一堂是財務室一位姓譚的少校主任主講財務概要與發餉程序，課目是連經理，我不愛聽，也不打算將來幹特務長，偷偷的寫了一點幻想，是回大陸後的日記，我希望能把它完成，回到大陸時，看是否可以兌現。

第二堂是營長主講的地圖判讀，講的非常之好，營長如果任教的話，該是個好教員，正聽得入神，可惜集合號響了，大家集合至司令台聽總隊長向我們第三團發脾氣。

九月二日禮拜五　八三一四（八四一四）　晴曇　閏七月初十

野人賣了條褲子買了本日記，我的日記完了，很著急，聽說八月份的薪餉已經調整可能補發，但願可靠，則日記將不成問題。

上午開始上刺槍，是美式的，因為一個迴旋的姿勢教官所授與連上官長所學的有所出入，直鬧了好久，下課後，營長又作一番解釋，費時約一小時，以致下堂的基本教練，只能上一小時，我因皮帶不知被誰拿去，以致未能及時集合，因為怕遲到挨揍，索性大了膽子到供應站去同陳群閑撩，我不知怎的，竟一心想走，多少是受了連長清晨一席話所影響。我一再強調，我并不是為著吃得消與吃不消的問題，而是想到這個苦對我毫無價值，大不了姿勢準確操作優良保送軍官訓練班，然而對于軍官訓練班我沒有什麼興趣，也沒有官迷，因之，我開始考慮我的走的問題。

九月三日禮拜六　八三一五（八四一五）　晴曇　七月十一

今日整整一天就沒上課，完全是整理內務及打掃清潔，為的是總隊長明日要來細密檢查，我沒有武器，倒省去一重麻煩，不過寫名條又忙了一晚上，直至夜深，因為午覺未睡，便特別的感到困乏。

到台灣是三四個月了，今天才發第二雙鞋子，所好我穿鞋子不厲害，雖然這麼長的時間，但還能夠接上氣，有好多同學早就穿脫節了，只好把自己的鞋子再拉出來，沒有聽說當兵還從家裡帶鞋子出來穿的，我們真夠苦的，但苦的一點興頭也沒有。

「九三」，四年前是那麼瘋狂，同維紳在秦淮旅館住著，隔壁的舞廳由靡靡之音改成了抗戰的曲子，我們坐在樓欄上，秦淮小舟上，戴著美式太陽鏡的飛將軍，電報局的樓上擠滿了見到光明的人民，用點著了的爆竹往正在路邊休息的新六軍的頭上摔，整卡車的酒肉開來慰勞，馬路上隔不多遠就是一個酒亭，勝利的軍人在狂飲，人民在微笑，瘋利的少豪，爬到電桿上呼叫，有的甚至觸電跌了下來，那時候我們真夠興奮的，安寧、中山、玉書，我們五個人沒有一天晚上不飲酒至夜深的，大家全不再去往將來的一切想了，因為未來的一切，必然的不成問題，那就如天堂春夢的歌詞一般……幸福的世界呀，美麗的天堂，……青年在工作，……主婦有新房……孩子不會哭，沒有失學，沒有失業，啊，真所謂是一場春夢，如今破碎得連回憶也褪了色。

九月四日禮拜日　八三一六（八四一六）　閏七月十二　晴

是一個有期徒刑的一天，從上午七時站至十一點半，從下午二時站至五時半，姿勢要正確，不準動，汗在流，太陽在烘烤，只為著總隊長來檢查內務與武器，我們受了一天非刑，像害了場大病，支持不了的已經躺下去，誰能禁止了自己不怨天尤人？副連長要我下去休息，然而為著要強，為著怕被同學們不平，我終于咬著牙受下去，直等候到大家一起散去，副連長同連長又要我去看電影，噶！哪兒還有那種興頭？口渴，肚子餓，真想雙腿一彎就躺下來。到供應站同羊君略談了談，便回營房漱口洗臉，人是疲乏至不可收拾地步了，偏偏這兩天身上的濕氣發得特別厲害，本想躺下來休息休息，苦于奇癢，只好搞了點開水做南面王去，只一蹉跎，又是晚飯時分。晚飯後陳羊君跑來，抽煙撩天，在這苦悶的生活中，撩天可以算是我們唯一的高度享受了，除此而外，有什麼可以解脫這苦悶的？

其實並不止于虎子，不過虎子特別脆弱，他老是嘆氣要走。可是感情的鋼鏈，鎖住了我們一行五人，誰都想離開這苦悶的圈圈，但誰也不願單獨行動。我們為著那個理想，我們無論如何總要咬緊了牙拉緊了手，將來或可能的被環境所迫不得不各自分散，但我們總還是要盡可能的合攏在一起，為著那遼遠的理想，理想！但祈主不要叫我們的理想變為夢幻而落空。

九月五日禮拜一　八三二七（八四一七）　閏七月十三日　曇有陣雨

晨起精神異常疲憊，參加升旗典禮聽總隊長嚕嗦了好久之後，回來一點力氣也沒有，吃過早飯同副連長招呼了一下，沒有上操，到供應站來補記前天昨天兩日的日記。便中同羊君談了些閑，也不外乎以現實的威脅作為長嘆，苦是肉體的，悶是精神的，苦悶加于肉體同精神，怎麼會生活得好！往日的理想破碎了，但我還保留了一個最低愿望，我想最低限度可以把身體鍛鍊好，然而今天裡連這最低的愿望也成了泡影，身體怎麼會鍛鍊起來？營養不良、睡眠不足，操作只是非刑的拷打，這麼下去，能把原先的一身骨肉保持住，也就算天大幸事。那麼一個有思想的人，却沒有理想的度著盲目的日子，該多夠痛楚的？是誰說過：「幻覺的沉悶，照樣消損人的健康。」誠然。

據說連上的同學好多都在羨慕我們，的確，我們在連上無形中成了特殊階級的人物，最低限度是比他們消閑了一些。昨午副長叫沒有刮鬍子的下來，連我是六個人，副連長從排頭一人一耳光的打了下來，其勢兇兇，五個人打過了，我竟避免掉——這就是特殊之點。記得剛至此地時，營長曾經說過團體中有少部份的聰明人會無形中得到特權享受，他囑令官長們切忌不容這種人的產生，然而這是自然而必然的現象，避免不了的。

中午吃魚，又多吃了兩碗飯，多麼可憐，若是在家，這種菜算得了什麼？下午寫鋼版，造基本射擊記錄卡片，外面的雨霏霏的下著，想到明兒二百碼無倚托的記錄射擊，真擔心的很。

九月六日禮拜二　八三二八（八四一八）　閏七月十四日

清晨長跑，因腳指上潰濃，因未參加，在家整理花圃，連長關心的問我好些沒有，的確，連長對于我是沒的可說的。

昨晚雨地裡大家去搬柴，我們（野人、虎子、大耳兒）投機溜開，四個人擠在地洞裡傻了好久，眼淚都笑出來了，我現在不知怎的，倒會這末傻，傻起來就沒個止，不過總還有個節度，只是在我們五個人跟前，在別人面前自然而然的就一本正經起來，這又是雙重人格，不知我為什麼會有這種性情，我說不出原因。

他們班長輩的人物老是把第四軍官訓練班看到了不起似的，其實有什麼了不起的，今天陳班長承訓希望我少為連上作工作，多上操，免得動作跟不上，將來進不了軍訓班，我覺得好笑，他以為進訓班是了不起了，可憐的官迷，我故意氣一氣他，我說：「軍訓班來八抬轎子接都不去我，進軍訓班又該怎樣，我沒有興趣去做軍官。」他啞口無言了。

九月七日禮拜三　八三二九（八四一九）　閏七月十五日　曇

今上午上了兩堂操科，午覺後做射擊記分卡片，不多久，隊伍回來了，因有通報招待看「清宮祕史」，我同野人、恩黎三人單獨行動，一路上比走在行列裡隨便得多，說說笑笑，經文廟時，欣賞了一陣銅馬，是寫實似的鑄冶，令人想起黃浦江畔外灘大樓的一對銅獅。

回來時就在供應站吃了頓晚飯，米是上熟，菜是糖烹魚，吃得津津有味，而且慢條斯理，在家時，往往回來晚了，一個慢慢的細嚼，這種消閑，自從到台灣後，這還是第一次。

清宮祕史早在南京時就看過，因為片頭差了點沒有看，今天給補了上去，周璇的清宮怨，我很想學，只可惜沒有譜子。

中飯吃魚，我吃了五碗飯，下午在供應站又吃了五碗，連早晨的四碗粥，合計的數字，若給家裡人知道，可夠嚇他們一跳的，人當了丘八，無形中就老粗起來，好一個飯桶。

九月八日禮拜四　八三二〇（八四二二〇）　閏七月十六日　曇

做射擊卡片整整的忙了一天，本來昨天已經印就，只是草率得很，連長要勝心強，終于又派炳文上街買紙重搞。

明日司令官來校閱，今晚又忙壞了我們，寫小櫈名條忙至夜深一時半，上牀後，輾轉反側的睡不住，身上的濕氣近來漸漸像疥瘡了，因此，對于人的精神影響不少。

為著一個微弱的新的希望，晚，忙中偷閑的同大耳兒、野人、虎子一同去供應站打算同陳詳談一下，但因不知趣的甘國揚老是留在那兒不走，看看時間不早，只得悵悵歸來。

羊君說他的監察委員生活得太平淡，對于日記是一個材料匱乏的空虛，因此他要趁這機會多記一些台灣的風土人情，誠然，其實就是在連上，生活又怎不是平淡，我雖不想記一些風土人情，但至少我這種記日記的方式，并不能勾出在台的生活，細而言之，就是所記的事，都太刻版，像教學日誌一般，失去了歷史性，也沒有故事的興味，沒有連貫，只有籠統，我也是要改變一下作風，從明天起吧！（九日補記）

九月九日禮拜五　八三二一（八四二一）　閏七月十七日　陰有陣雨

我也懶得記這些事了，一來了大官，總是少不了這麼一套，被子疊得四角六楞的有什麼用？打開被子，裡面有一種超出臭惡的範圍以外的氣味，人家在積極的研究宇宙線了，我們還津津有味的在內務線上考究。我們的連長本也不以為然，然而上一次營長來看過我們的內務以後，則責備連長為「婦人的慈愛」，連長不得已，也只好逼著我們用牙齒咬被子的楞角，真是天知道，何必如是？于事何益？

一日工作無停休，直至二時許，才完成了最後的工作——基本射擊場配備圖，大便回來躺在床上真是無比的輕鬆。

野人代表二連去參加孫司令官的座談會，據回來報告：一、國防部及陸校在以前均與我們的入伍生總隊搗蛋，并且不肯承認這個機構，經他奔走了三月之久，才算確定了陸校第四軍官訓練班的入伍生教導總隊。二、相傳已久的遷營房的消息，經他證實非搬不可了，據說那邊的營房遠不及此地的旭町營房，但也沒有辦法，學生要求是否可以免此跋涉，司令官答稱：你們不要這麼主觀，若是怕跋涉移動，那麼我若把你們調往大陸作戰，你們不是更嫌麻煩麼？三、副食大壞，限於經濟之据拮，無法改善，唯有設法生產，始可解決。四、主食盡可能吃中熟。五、以潛逃的原因，追述排長、班長等的虐待狂，被告者經司令官記下，另作處理。

九月十日禮拜六　八三二二（八四二二二）　閏七月十八日　曇

經連長恩准，上午在家睡覺休息，隊伍走後，同大耳兒到供應站矇矓了一陣，硬被蒼蠅釘醒了。

很想趁這空暇多寫點日記或者別的東西，但因手上的瘡疾令人煩燥不安，只想靜靜的躺著，什麼事也不想幹，想也是疲勞後的需要。

中午回來又忙于內務的事，不過我除掉寫一下值星牌，啥事都沒，燙了次濕氣，搞得滿身大汗，匆促間又開始著裝等候司令官來檢查內務，羊君跑來說是燒好了芋頭等我們去，只可惜無法借口下來。內務剛檢查畢，短命的集合號又在嚎喪了，于是停也未停的肩槍跑步至司令台，右腳草鞋磨破了，潰了濃，跑起來其痛無比。講話時間相當長久，講的是這次校閱的觀感，與美式德式教育，并答覆昨晚檢討會學生代表的幾個問題。日落西山方始解散，回營後以最高速度卸裝，大赤膊穿紅褲頭帶小板凳至司令台前會餐，吃的是魚，很順利的扒了四碗。飯後舉行同樂晚會，我可沒功夫，同大耳兒、野人下來燙濕氣洗澡至供應站撩天，很晚才回來，同學們喜形于色，原來總值星官我們的團長面諭明日遲一小時七點鐘起床，并休假一天，這的確是可喜的，然而美中不足，身邊窮的要死，八月份的薪水調整，因之九月已經過了三分之一，八月份的下半月餉還未發，不然的話，明兒可以玩個痛快，明天打算出去做一次禮拜，不知可以不？

九月十一日禮拜日　八三二三（八四二二三）　閏七月十九日　晴有陣雨

起床後就整理內務，心想今天可要好好的把握時間，剛吃過早飯，就挾著矛盾的旋律同幻想日記到供應站，誰知一到那兒見到床鋪就感到非常親切，躺下來把蚊帳打開看了看報便矇矓睡去，一覺醒來，人非常懶，還想再睡，可是時間已經不早，衣服既髒且酸，雖然手疼無比，也得咬著牙洗，洗了一套軍便服，兩條紅褲頭，一雙黑鞋，好不痛苦人也。

午覺本可以很晚起床，只因天雨，不得不起床收衣，羊君同大耳兒上街把香煙買來，大家五個人圍著又在談幻想，寫至此，他們四個人都頻催不准再記了，趕快的停筆談心。

甚麼談心呢，我們就按照幻想日記舉行校務會議，假設馬麗、曹光雯、X小姐、鳳子也都在座，整整的攪了一兩小時，始興盡散去，真是一群神經狂者。

到台灣以來，今天是最消閑的日子，可惜並未能完全把握住時間，只在下午寫了四張幻想日記，炳文約去供應站吃烤芋頭，八點四十分點名，我們還以為是九點半，連長傳去問我為何晚點不到，我說我晚飯沒有吃飽，供應站吃芋頭去了，他說姑念你平時服務熱心，不處罰你，下次不可以如此，接著又到值星官處報到，這才了事，若是別人怕又早就挨揍了。險！為著吃！

九月十二日禮拜一　八三三四（八四二四）　閏七月廿日　曇

又輪到三分子靶場的射擊，這次是二百咪，右眼近視，改用左眼，雖然只打十三分，但因瞧得清瞄得精，比上次的百咪有心得。

下午的戰鬥教練，我是站站坐坐的見習過去了，若是別人，依著副連長的那種壞脾氣，怕不答應的。這兩天的手疾，把心情影響得很壞。

午飯時，特務長送一張精忠報Loyalty Daily給我看，上面軍中欄內有尋朱青海地址的啟事，啟者劉有道，這人我連聽也未聽過，真是怪事，其餘同我被列在一起的兩位，我也毫不認識，這事情依我的判斷，只有兩種可能性，一、是姓名與我巧同（其實我的名子並不太俗，也很少有與我同名姓的）二、可能是因為確實有人在找我，他與劉某或者在一起，聽說他登報尋人，也就順便的把我也列了進去。根據第二種揣測，我終于發了封信去，看他個究竟。

九月十三日禮拜二　八三二五（八四二五）　閏七月廿一日

在幻想日記中，我借著馬麗這麼說：「好好的一個人，可當不得丘八，除掉蠻橫與拉塌，別的什麼成就都沒有。」虎子頗以為然，然而那還不夠，應該還有懶與饞的成就。因為彼此都是同一身份的立場，所以好多的事，我們毫不講究虛偽與做作了，大家的底細都是那末清清楚楚的放在各自的面前，自然而然的就天真得多，穿破的也好，爛的也好，還怕人笑話不成，尤其對于吃，簡直可以說是唯一的需要，能夠有一次吃的得意，大可以掛在嘴上零打碎敲的誇他一天，例如今早，鹽水花生米佐粥，我們同桌的六個人，兩個被派至鳳山五棵厝去看營房，虎子輪到衛兵，只剩三個人，這是最令人痛快的一頓早餐，我吃了六碗粥，一個新的記錄。中飯是日本式的烹調，蝦、黃豆芽、豆腐和米湯共燒，味甚鮮美，又是四碗。為著午覺重要，等晚上寫了，就此擱筆。

晨上兵工作業，是在一處女子中學的操場上實習的，當經過大禮堂時，裡面一個女子正在台上彈著披雅諾，清脆滑利的樂聲，把那本來很美的四周環境更美化了，我在癡想著，若彈琴的是三小姐，我一定要去見她，然而見了她我現在該說些什麼？我說我現在是陸校的學生麼？那才搽粉進棺材呢，當初我給她的印象是怎樣，我不敢說，可是如今大赤膊，身上除掉一條紅褲頭、一雙草鞋，一切都是原始的，忽的相見了，她不知應該如何的詫異，或者趕快的避開，雖然我的「男女有別」的觀念因她而整個的打破，雖然她一向把男女間的界線看得那麼模糊，或者沒有，可是她再也不會想到當初溫文爾雅的我，忽然這般的荒誕唐突而不禮貌的跑到她的面前，至于她會輕視我還是歧視我，那倒另是一個問題，總之，丘八是一個可憎可卑的，只有不自知醜的誇耀，（為國為民，戰死沙場，光榮殉傷……）才把丘八少微點綴得好一點，然而自捧是世間的一種最愚蠢的自作聰明。這種好真是淒蒼的，官長們以為我們是來混飯吃的，這真是個笑話，我們在內地還是吃不起糙米飯白水煮冬瓜的？老實說到這兒來總還不致如此單純，單純的倒是他們單純得可憐的死腦子。因為手疼腳疼，劈刺上不來，又是罰掃寢室，到台灣來原為的是以這個工作換取一日三餐的不成？煮冬瓜？

我們的排長出院了，滿臉笑容，想係大病去矣其樂也融融。連上又來了兩位軍訓班十七期的見習官，聽說他們很兇，但不知究竟如何。

腳痛難挨，終于請見習假一日，否則，實在受不了。

九月十四日禮拜三　八三二六（八四二六）　閏七月廿二　陰雨颱風

曚曨的侵晨，下弦月還掛在西天，一掃帚一掃帚的掃著落英黃葉，是秋天了？然而在軍營中還有資格去閑情于春花秋月麼？瓜綠色的天際，小提琴一聲聲的顫抖，像失了童貞的少女的懊惱的低泣，像浪子迷途後的覺悟的呻吟，但是晚了，一切都晚了，我走錯了路，也只有低泣呻吟而已，我很想寫一篇悲哀的清晨。但却寫不出音樂的氣氛，我希望音樂能成為空間的，這却比幻想日記更其幻想，有什麼辦法呢？

野牧送我一粒紅豆，多精緻的天然藝術品！尤其又帶著那麼纏綿悱惻的悲劇性，更使人捧於掌上作萬端感念，是溫庭筠的詩句吧：「……玲瓏骰子安紅豆，入骨相思知不知？……」寄語鳳子：入骨相思知不知？

被調至總隊部參謀處作教育工具模型工作，我又離開了連上，以後差不多要半個月才能回連，我知道我是在逃避現實，然而這幾乎已經成為本能的，我現在脫去了末世之惶惑的時期，但却又走入逃避現實的圈圈，我甚至失去了要強的性子，這是新軍訓練在我身上所顯現的八十分的成績，我絕不能自認自錯，我也不必那末過份的遷就，我的憤恨使我頑固的說：我一點錯兒也沒有。

我盡量的縮小了日記的每日篇幅，為的是生命的空白在這本日記上已經這般的縮小了，有好多話想記，可是算了。

晚舉行同樂晚會，我被排上了獨唱節目，唱的是夜半歌聲，今天的嗓子特別好，加之又存心想賣弄一下，所以唱來尚能抓住歌子的氣氛。大耳兒獨唱賣糖歌，他一直是愛用女音唱歌的，所以也只有唱這些歌才適宜。虎子操琴并且清唱打漁殺家，氣味頗濃。

九月十五日禮拜四　八三二七（八四二七）　閏七月廿三　曇

據說這還是小型颱風呢，真夠天翻地覆的，一連門前的大楝樹連根掘了起來，芭蕉葉一條條被撕得粉碎，連風加雨，鬧了一夜。今早上可就好看了，完全的大陸上秋風秋雨秋乍寒的蕭索，但早飯過後，却又熱了起來，我昨天一高興，在虎子的日記上寫著：「……這種熱不是熱烈，也不是親熱，更不是熱情，是炮烙之刑的灼炙的熱，吐魯蕃大戈壁的困頓的熱……」這只是我們入伍生對于台灣的熱的主觀的解釋，事實上，并不如此。

早飯佐的是油炸花生米，上海人叫油炸果肉，那是卅六年熱天從上海回南京的前夕，曬台上晚風襲人，八姐為我把酒送行，有星、圻、鏞、明等，月亮在高得令人不可思議的可怕的天上，那時雖然大家感到一種惜別之意，卻遮不住骨肉間的喜悅，酒吃得暢快，菜吃得可口，話談得投機，明兒告訴我油炸果肉的故事，我永遠記得那種情景。早餐我一面吃著，一面想著，往事與佐菜，送了四碗飯下去。中午吃魚，我故意從參謀處晚回來，為的是我們的桌子上除掉我只有三個人，讓虎子多吃一些，反轉我是由監廚另外留飯菜的，我也可以大嚼一頓，至少可以不慌不忙的多吃點，結果是五碗。

這幾天只要有機會總想偷點滾開水燙濕氣，這兩日臀部的瘡又兇了起來，別的可以忍受，只是夜間影響睡眠，于健康大大有害。

如果以純粹的客觀眼光來瞧我們的生活的話，似乎也還可以捏著鼻子寫點文人的腦子裡所想像的架空的悲壯故事，尤其在清晨，蓬勃的朝氣裡，紅霞照醉了一群群一列列健兒的肉體，斬釘截鐵的刷、刷、刷的跑步，瘋狂了的劈刺，迎面看來像喜轎四周款擺的流蘇那麼細膩整齊的步伐，如果任何的一個學生的家長這時候從牆外一眼掃過來，真不知要如何的受到一種喜悅的感動呢，（在花旗的從軍歌一片中有這種優美的鏡頭），然而這只是站在牆外的看法，空間的距離，抹煞了事實，陰暗的一面，有營養不足的瘦臉，有睡眠不足的倦眼，有面有菜色的迎風輕飄的病號在打掃廁所，有拳打腳踢，有無理的謾罵，有遷怒的施刑，說不盡故事後面的藏匿著的淒蒼與辛酸，正是悲壯故事的副產品，她是大量的，像台灣的甘蔗紙，這比糖的產量為多，多得驚人。

大家看電影去了，他們四個人都去了，我，又不得已而放棄了機會。晚因颱風影響，而至于斷電，夜間教育開始，我又溜了下來，在供應站一個人躺在羊君的床上，抽著煙在遐想，很吃力的想了好多，我還是想離此而去，這樣托下去終非結局，身心受到無限的折磨，究竟自己得到了些什麼？白白的將一些最無謂的東西填進了生命的空白，比空白更令人感到空虛，有朝一日，頭髮白了，那時候該要如何的痛心疾首的悔恨今日的躊躇遲疑，人生本來是短促的不得了，何堪這麼樣的平白的蹧蹋了，我要珍惜我的生命。

九月十六日禮拜五　八三二八（八四二八）　閏七月廿四　晴

正在雕刻輕測遠鏡掩體的模型，野人同大耳兒去找我，告訴了一個對我含有侮辱性的消息，三團政工室的通報，因于南都劇院演戲籌募文化康樂基金，工作人員缺乏，調我至勤務連服務。論工作也許可以說并不算怎麼低三下四，可是「勤務連」這襤褸下賤的名份我擔當不了，以前甘國揚請求調勤務連，已為一般官長同學所不恥，而過去若干同學要求淘汰的都送往了勤務連，勤務連這三個字已經造成了低能的社會印象，我可不能這般的廉價的賣了自己的靈魂，聽到這消息，大耳兒、野人、羊君、虎子均大不以為然，尤其虎子，侃侃的發出了許多的氣憤填膺的話語，副連長召我去，問我的意思，我一口咬定了不去，他很歡喜，他說，很任性而頑固的：「偏不去，他們看我們的連上有個人材就眼紅了，你在這兒好，六月期滿後，我送你去政工大隊……」他也純粹是感情用事。連長又傳見我，也是不讓去，在他們可能并不是愛才，而是一種利用，因為我可以為連上工作，這工作非他人所能者，也因此，我只是對于自己的留連，實際上并不好于調勤務連。

夜晚營長召集談話，他一再強調現在還在潛逃的實為不智，但他并沒有對非潛逃者有任何較佳的保證，只是說四個月的苦已經吃下來了，六個月就快結束，現在的潛逃，過去四個月的苦等于白吃，我們不管將來要做一個職業軍人，事業軍人，或并不想做一個軍人，但最好還是咬著牙把這個期間挨過去，至少在將來的回憶中有一個自豪的省味，我終于完成了一個艱苦的工作……像這種聲嘶力竭的強調，也可以謂之「實為不智」，有什麼用呢？我現在感到講究精神主義者，只是一個失望後的傻子。對現實如果滿意的人，大概不會再去掩耳盜鈴自我勝利吧！

聽說明日舉行普通學科考試，這可能是招生簡章上甲乙丙組的微渺的反應，但也不免是做戲與麻醉一下智識程度較高的人，然而錯了，有何意味，索性來個青紅皂白一混合，管他大學高中初中小學呢！

幾日來均因瘡疾不能上早操，因之做了清道夫，揮著苕帚感到一種英雄末路的淒惶，臨行前夕六姐夫的祝語是「為國干城」，真夠愧死。

九月十七日禮拜六　八三二九（八四二二九）　閏七月廿五　晴

司令部派來的副官處處長一再強調這并非考試，而只是一種智識水準的測驗。考了一個上午，題目很普遍，倒不落俗，其中一題智慧測驗，壓根兒沒人搞出來：有黑帽二頂，白帽三頂，由一人戴于三人頭上，問第三人戴何色帽，（三人同一方向成縱隊）第三人答稱不知，問第二人戴何色帽，也答稱不知，又問第一人，第一人答稱知道，問第一人是戴什麼顏色帽子？何故？　姑記于此，留著慢慢的想。

薪餉調整了，一個月是十二元新台幣，拆老台幣為四十八萬元，聽說八月份的還要補發，可能明後日就可以發下，這一次以卅餘萬買一本日記本該不致再落空了吧！

這是我開始不間斷的寫日記的第五本，前四本都存在六姐跟前，在上海臨走之前，曾經寫信給六姐，要她妥為保存，我在那封信中曾經這末說：「……萌芽集同傍門之戀雖然是那麼幼穉，但總是我一部份的心血嘔成，以外的四本日記雖然沒有什麼價值，但總算是我生命中的一段記錄，請您代我妥為保存……。」以後重見時，這些東西是否還會存在，不敢說，但是以六姐的細心謹慎的性子，諒來該不會有何閃失吧。

晚同羊君徘徊于操場邊緣，因同學郭超的潛逃，而談到蘇曼殊的悲慘世界，而談到我們自從入營後而大大的變了，我們除掉普遍性的髒、懶、消沉，各人在個性上也似乎是變得多。這樣，使我自我的檢討起來，我的要強，至少是減退了不知幾許，以前，當我剛入營時，大凡在動作上發現有不如人之處，即有奇恥大辱之感，有了病，總是撐著不願請假，然而到現在，我覺得我才不應該那末傻呢，何必與自己作對，抱著得投機時且投機的主義的，想來大概不止于我一個人吧！

九月十八日禮拜日　八三三〇（八四三〇）　閏七月廿六日

禮拜天，的確在我們現在的生活中，算是一個較為特殊的日子。參謀處工作人員都看電影去，我懶的很，沒有去，在供應站鬼混了一個上午，把矛盾的旋律最不滿意的地方，（羊君指責為最缺乏文藝氣味）撕掉三張，重新寫下去。

聽說明日發餉可發三十六萬，不知是真是假，虎子說這次他要買上五條煙放著，台灣煙真便宜，比上內地的中等煙，只兩萬一條（一條一百支）。

幻想日記依羊君的意見改為還鄉日記，這倒很妥當，只是前面還要加一些還鄉的記錄才可以名實相符。

九月十九日禮拜一　八三三一（八四三一）　閏七月廿七

到參謀處請了一個上午的假，去三分子靶場打靶，這次是二百公尺，無倚托臥姿，成績相當壞，第一發三分，二三兩發麵包，究其原因，是因左手扣板機的緣故，下次可不能這麼冒險了。

副連長關了禁閉，是營長親筆來的條子：該連代理副連長彭光燊生性粗暴，本人目睹數次體罰學生，著即禁閉，以待調查。倪泗九、十九。

這一下可夠塌台的了，本來也怪太無涵養，凡事動不動就冒火，火冒長了，終于冒出個事兒來。

九月廿日禮拜二　八三三二（八四三二）　七月廿八

發餉了，連折加扣，到手裡是七元，買本生活日記四元，班上打牙祭一元，還楊禮平五毛剩一元五。

牙祭是打過了，紅燒魚像臭豆腐滷，我吃了一點，就沒有再動筷兒，只揀豬肉炒粉與金針蛋湯吃了兩碗稀飯、兩碗乾飯。

飯後排長集合，評論日記成績最佳者為我，送了一隻Wear Ever金筆給我，雖然筆並不怎麼好，可是值得做為紀念了，我沒有想到在軍營中會得到這種獎品，夠興奮的。我正預備九月份的餉買支筆呢！

連上要我工作，團部要我工作，參謀處也要我工作，我夾在其中不知如何是好，今日團長的老兄跑到參謀處好說歹說，把我要到團部做京戲海報，連長又一力的要我回連繪製圖表，晚上一直熬至夜深兩點鐘，往日學校的夜生活開夜車開得非常興頭，如今為人作嫁，總有點抱屈。

這第五冊日記總算記得山窮水盡了，從明天起，我們別了，其實並不是分別，而是一種大功告成的成熟，願這寶貴的生活記錄，予我以來日的回味，就此擱筆。

1985年8月18日台南成功大學光復校區，昔之旭町營房。朱西甯與瘂弦（右），1949年先後來台均入駐此受訓。

後記

致父親母親和他們的一代

朱天文

今日何日兮。

這時候，這地方，這裡人，為什麼要出版我父親的《1949來台日記》呢？乃至我父親與我母親一九五四年仲夏、到一九五五年初秋的一百二十三封通信《非情書》？

緣起於「目宿媒體」出品的文學家紀錄電影系列，「他們在島嶼寫作」。包括香港的三位，十餘年來共有二十位作者響應目宿的義舉接受拍攝，除了作品留世，也接受被留下影音映像，如今，倒有九位已不在世間。

《願未央》，是此中的一部。幾經周折，乾脆我就心無二念上陣了，負責拍我的同業、同行、同道，我的小說家父親朱西甯，與我的日本文學翻譯家母親劉慕沙。

身為拍攝者，我跟先先後後加入的工作夥伴解說片名《願未央》，一說再說不忌重覆不憚有人已經耳朵生繭的，帶著傳教般的壓迫式熱情說明。願，可以當做名詞，大願或悲願，願未央，即大願未了。佛家有謂大悲，如地藏菩薩本願、地獄不空誓不成佛，如阿彌陀佛的四十八願心只要一願未成永不成佛。所以願，也可以當動詞，願沒有完，一切仍在書寫中；願不曾圓滿，後繼有人接下去做；願今生我們這樣的相聚，來世還要再會；願……「願未央」，可以當做一首詞牌，歡迎眾人來填詞填上他的動詞和名詞。

紀錄片訂於苗栗銅鑼我外公家開鏡，二〇一八年雙十節。按規矩鮮果供品持香祝拜，諸位默對自己認為的神明或空無唸唸有辭，放鞭炮，炸響硝煙裡，我初次見到傳說中的童先生，童子賢。

邀請傳說中人大老遠來參加開鏡，就來了。此中，亦不無偷渡著我們的願望，願外公家這棟屋齡七十年已登錄為苗栗縣歷史建築的「重光診所」住宅，能永續，能活化再使用。

先是開鏡前兩個月，忽然得訊我的小舅舅將從澳門來台，機不可失，立即搶拍了訪問。也選在外公家，二樓榻榻米房間，隔几對坐講話，洞開的兩門日式木格子大窗讓天光雲影都進屋裡。與樓窗同高我從小叫慣檳榔樹的學名倒叫亞歷山大椰子，還有牆外的樟樹桉樹，隔馬路則是台鐵縱貫線。我們胸前藏了麥克風，可不時仍得停止講話靜待火車駛過，或狗吠歇息。榻榻米上好難穩坐，我驚訝小舅完全可以像日本人的長跪安適，暗忖他哪時候練來的功夫。

身為耶穌會神父，「忽然」和「機遇」，堪稱小舅一生與我們親屬的關係寫照。我母親尚在世時，家裡電話響都她接，若聽她歡聲「啊Masa（マサ）！」那頭便是忽然現蹤的小舅了，大多時候是「姐姐，我在中正機場……」並非入境，卻是離台出境的投幣電話，趁銅板用完前把家裡親人問候一圈，說是問候，更像神父的祝福吧。在香港，在澳門，進出於中國大陸只知在帶領地下教會，他的志趣是會士培育和修會治理，一時忽聞在江西？在湖北？一時又去了陝西？來台便掛單在耕莘文教院，忽有空閒了就來電約聚。俗職他曾在輔仁大學的中國社會文化研究中心，又任副校長。據聞亦為耶穌會亞洲地區的會長，然耶穌會並無此職務，正確名銜是「耶穌會中華省會長」，在他五十二歲之後的九年間。

他台大藥學系畢業，經歷會士的培育，八年而晉鐸。隨即奉遣至菲律賓馬尼拉的亞洲管理學院，就讀企業管理，時當七〇年代末。學生經一系列測驗和面試來自亞洲各國、歐美、非洲，或企業主管或政府要員或現役軍官，百多人唯他一名出身聖職與會士，很難不誘人想笑他，看你怎樣把神修跟商業搞到一起？馬尼拉四季如夏，故冷氣特強，上課披毛衣，逢考試久坐還得兩條長褲兩雙襪子。

八〇年代他再次奉遣，加州柏克萊大學的亞洲研究主修東亞區。由於「守貧」，耶穌會士不蓄私產不存宿糧，返出生地省親時皆教會打點伴手禮，小舅舅從柏克萊帶來了See's巧克力糖。一九八六年，因影展我到賓州費城，滿城尋找See's不可得才知東岸並無此物，當然，後來連鎖店也開到台北街頭了。

小舅兩度奉遣就讀，奉誰人的遣？

耶穌會士發願，有初願，有末願。初願是對天主發的，好比受到天主的感召我決志，回應召喚加入修會，修會也助我去辨識清楚此召喚是真實的召喚嗎？可耶穌會並不就肯定收我，他還要再看看。這一看看，差不多十年至少。初願是我和天主之間的事，亦終身之事。

那麼，看看差不多了，修會便來召喚我走入第三試探叫做第三年初學，走完這個，才發末願，所以末願是對耶穌會發的。從此是終身會屬了，耶穌會不能解除這個深願連帶。小舅說，看起來耶穌會不笨（他曾說耶穌會狡猾），從初願到末願，歷經漫長的考驗，會裡獲得了一名又強又可靠的會屬。

好，末願基本上是三條，我們大眾多所漠漠聽過的，守貧，服從，守貞。用行話來講即、神貧願，服從願，與貞潔願。

神貧願，是過簡樸的生活。

服從願（聖服），是服從於良知默觀，服從於非主流價值，服從於秉持的核心終極的信念。這裡又一個行話，默觀。默觀是人與神的深刻乃至更深刻的連結，是人與神與自己與他者以及與大自然的關係。

以上二願都不難懂，但是貞潔？當年會主羅耀拉寫會憲時，前二者他寫很多，唯關於貞潔他只短短一句，我們的貞潔要像天使一樣。

在這棟我母親和小舅舅長大的檜木樓房裡，這棟我們姐妹仨幼年寒暑假渡過的迷宮日後攝入侯孝賢電影《冬冬的假期》的老宅，在此刻紀錄片拍攝的機遇裡，小舅說，貞潔、是專心致志。貞潔容易被解釋為沒有性，沒有性關係沒有結婚——結婚的人也要有貞潔。天使沒有肉體，像天使一樣意思是我要專注要忠心，不浪費精力。三個願，彼此關連，不浪費精力即是守貧，因為我知道我的資源有限。

三願之外，依於環境不同每個修會的召喚有不同，那是第四願，如靈醫會，是照顧服侍病人的願。那麼耶穌會，第四願的會誓是，在使命上服從教宗。

小舅說，作為一個耶穌會士，他是行動中的默觀者。

發初願之時，他是靈修的默觀者。歷練最少十年的核實，他才被允許向耶穌會發末願，此後，他成為一名行動中的默觀者了。

看看吧，當今來自阿根廷的教宗方濟各，他是史上、至今為止史上唯一一位出身耶穌會的神職，他那句令所有行外人也讚佩也憧憬的名言：「教會要像野戰醫院，牧羊人身上要有羊味。」

我想到文學史上兩位懷疑論者，反天主教的伏爾泰，卻格外懷念他高中時代的耶穌會教師。而早就放棄天主教信仰的喬伊斯則對好友言：「準確來說，而且要清楚描繪我的話，你應該說我是個耶穌會信徒。」至此，再怎麼兜遠著說，我都不能不兜回我父親身上了。

我父親，有願，有誓，有使命，生命是有目的的。

這兩本書。一本《1949來台日記》，於南京，他二十三歲，看到在台灣練兵的孫立人將軍的「新軍」招考章程，遂棄正就讀的杭州藝專，報考加入「新軍」來到台灣。那是孫將軍召喚他，他回應感召，日記記錄了這段初願啟動的時刻。

另一本書，《非情書》，他來台第五年，任陸軍官校上尉繪圖官，開始與新竹女中畢業沒考上大學（第一屆大學聯招）的我母親通信。我母親十九歲，在家兩番去做銅鑼國小的代課教員。偶爾給叫到外科室幫忙病患換藥，聽從我外公一個口令一個動作的全是外來語：「雙氧水。棉球。酒精。碘酒。撒粉。紗布。繃帶……」驚得她一頭汗。也有動員到縣城有力人士來家裡遊說我外公外婆准許女兒去參加網球比賽的，我母親出奔鳳山之前與我父親四次見面攏總不到二十四小時，倒有三次見面是趁網賽之便。

於是我且訪問在苗栗的大舅媽，年逾八十好幾矣，同我小舅舅是外公家上一代親屬中，唯二，還能被拍到之人。大舅媽在《非情書》裡叫秋姐姐，是我父母親秘密通信的轉信人。我母親取信躲廁所讀，廁間常插有我外婆從院中剪的香甜含笑花，或一叢濃鬱珠蘭。

當日，我母親聲稱代表苗栗縣去打省運，拎一支網球拍到銅鑼國小教室找當時尚非大嫂的秋姐姐道別。秋姐姐說要拿冠軍回來喲一邊送至校門口，但我母親只是蹙眉，秋姐姐便一直目送到我母親背影消失才回教室。下課返家，我母親寄給她的信以及託她轉交外公的離家信已寄到，辭代課教員的信隨後亦寄達校長家，都先佈局了。大舅媽笑淚盈花著回憶我母親：「我們兩個很要好，她很會做人家的小姑。」末尾一句用客家話，是說我母親做小姑做得很好。

《非情書》裡小舅舅是小弟，相差九歲。我母親沒有零用錢，那批中學時代合唱團網球隊排球隊的朋友來家找她玩，她只能跟最會存零用錢一毛不花的小弟借錢請客，還有秋姐姐也會贊助。

小舅回憶，幼年是姐姐帶他睡身邊，講故事直到同入夢鄉。姐姐跟他提起我父親都說「那個人」，悠遠的跟他預告著，有一天會離開他。我外公親手栽種的玫瑰花圃，他曾摘下其中稀珍的黑玫瑰，讓姐姐寄給遠在高雄鳳山的那個人。我心想他是最受寵的么兒才沒被苛責追究喔？小舅說，那朵紅得發紫透黑的玫瑰，銅鑼客家人稱「烏度紅」。冬天，姐姐領著他和妹妹唱聖詩，在那排玫瑰花前埋葬凍死的鳥兒。妹妹，我們的小阿姨，戰後出生小我母親十三歲。不久姐姐轉給他那個人回贈的禮物，一枚小徽章，紅紅的火炬，是那個人《大火炬的愛》小說集獲得的獎章。那年他考省中，姐姐伴考終日。便正是那年秋天，週末他從新竹中學的寄宿人家返銅鑼，知道姐姐愛寫文章沒有紙，遂購妥了大疊稿紙攜回，但家中已不見姐姐蹤影。我外公胃疾復發，時年四十八。

當時年輕的他們，年輕得像晨露。也將像晨露一樣，在太陽升起時無蹤。

大半個世紀後，紀錄片拍他們。我父親母親只留有少少一點V8帶子拍下的家庭活動、和開放大陸探親後九〇年代初的上海南京廈門之旅，以及我父親的追思會錄影。沒有他們倆的訪談，沒有影音，沒有畫面，剪接初期我和剪接師陷入絕境，終至我不得不去翻箱倒櫃令古物出土。

古物，一直知道在那裡的，也一直迴避。是不想驚擾逝者？是敬畏那屬於他們之間的隱私不該拆開？是既然他們的文學成績有目共睹又何必乞靈於也許他們自己都不願暴露的私人物件？然而無論以上如何，奉紀錄片拍攝的名，我畢竟跨越了自己的紅線。

那是二〇一九年熱夏，連著六個晚上，我們姐妹仨忙完白天的工作約在家裡客廳，拍攝讀日記，讀信。不在的父母，用我們聲音，呈現出他們倆的既不在又拍不到。每晚收工時劇組總說，OK明晚繼續，一千零一夜。

是的就在這一千零一夜的朗讀中，奇妙到來。一九四九之後的那時，那時的父親母親，那時的一代人，那時清晨風搖裡顫動的露珠，一一的，奇妙的，現蹤。

很可惜，影像所能展示所能承載的，太少太少。所以我們姐妹仨商議，決定將這本日記與這些信件付梓，出版成書。書因紀錄片「文學朱家」而發生，上集《願未央》，下集我們的小說家老友拍第二代，《我記得》。我踩過紅線出土了文物並出書，恐怕只能負愧祝禱以祈寬諒了。有禱詞：

今日何日兮餘心煩憂，
今日何日兮迢迢千秋，
與子何適兮搴舟中流，
既善顰兮又宜笑，
江山晦明兮人窈窕。

這是首千秋眼光的詞。我願將之從鵲橋俯視、衛星軌道的角度降落到人間現前，以一個島嶼之外平行眼光的人，他如何看我的島嶼。

此人二〇一二年受邀來台大建築與城鄉研究所客座，是八〇年代初中國改革開放四君子之一，八九年離開中國，為國際重要金融學者，現執教維也納大學。以下他這段感言於網上廣傳令島嶼許多人動容：「在台大教書四年，看到學生們如此優秀，卻又如此單純，心疼！台灣的今天來之不易，付出了難以想像的成本。如今，這個地方竟然成為全球範圍內，最不珍惜數代人付出的地方。原因太多，追根本的是：台灣是全球範圍內，歷史虛無主義最嚴重、最盛行的地方。這裡，一個幾乎徹底沒有文盲的地方，竟然讓現代的愚昧橫行。真心希望台灣好！」

然則現前，同時也有目宿這樣出大力的拍攝了文學家紀錄片系列，他們在島嶼寫作。

二〇二二年一月十五日　台北

附錄

朱西甯作品出版年表

◆小說類

短篇

作品	時間	出版社
1 大火炬的愛	一九五二年六月	重光文藝出版社
2 鐵漿	一九六三年十一月	文星書店
	一九七〇年四月	皇冠出版社
	一九八九年七月	三三書坊
	一九九四年三月	遠流出版公司
	二〇〇三年四月	印刻文學出版社
	二〇一八年十月	九州出版社（簡體版）

3 狼	一九六三年十二月	大業書店
	一九六六年十一月	皇冠出版社
	一九八九年九月	三三書坊
	一九九四年三月	遠流出版公司
	二〇〇六年四月	印刻文學出版社
	二〇一一年五月	北京日報出版社（簡體版）
4 破曉時分	一九六七年二月	皇冠出版社
	一九八九年十二月	三三書坊
	一九九四年二月	遠流出版公司
	二〇〇三年四月	印刻文學出版社
	二〇一一年四月	河南文藝出版社（簡體版）
5 第一號隧道	一九六八年十月	新中國出版社
6 冶金者	一九七〇年四月	仙人掌出版社
	一九七二年四月	晨鐘出版社

		一九八六年十月	三三書坊
		二〇二一年十二月	印刻文學出版社
7	現在幾點鐘	一九七一年二月	阿波羅出版社
8	奔向太陽	一九七一年十二月	陸軍出版社
9	非禮記	一九七三年五月	皇冠出版社
10	蛇	一九七四年七月	大地出版社
11	朱西甯自選集	一九七五年一月	黎明出版社
12	春城無處不飛花	一九七六年五月	遠景出版社
		一九七九年五月	三三書坊
		一九八九年三月	遠流出版公司
13	將軍與我	一九七六年八月	洪範書店
14	將軍令	一九八〇年一月	三三書坊
		一九九四年三月	遠流出版公司
15	海燕	一九八〇年三月	華岡出版社
16	七對怨偶	一九八三年八月	道聲出版社
17	熊	一九八四年七月	皇冠出版社

18 牛郎星宿	一九八四年八月	三三書坊
19 新墳	一九八七年八月	文藝風出版社(香港)
20 朱西甯小說精品	一九九九年五月	駱駝出版社
21 現在幾點鐘——朱西甯短篇小說精選	二〇〇五年一月	麥田出版社
22 加減乘除	二〇二一年十二月	印刻文學出版社
23 小說家者流	二〇二二年一月	印刻文學出版社

長篇

作品	時間	出版社
24 貓	一九六六年十一月	皇冠出版社
	一九九〇年八月	三三書坊
	一九九四年二月	遠流出版公司
	二〇二一年十一月	印刻文學出版社
25 旱魃	一九七〇年四月	皇冠出版社

	一九九一年三月	三三書坊
	二〇〇五年六月	印刻文學出版社
	二〇一八年十月	九州出版社（簡體版）
26 畫夢紀	一九七〇年八月	皇冠出版社
	一九九〇年七月	三三書坊
	二〇二一年十一月	印刻文學出版社
27 春風不相識	一九七六年八月	皇冠出版社
28 八二三注	一九七九年四月	三三書坊
	二〇〇三年四月	印刻文學出版社
29 獵狐記	一九七九年七月	多元文化公司
	一九八四年二月	三三書坊
30 林森傳	一九八二年六月	近代中國出版社
31 茶鄉	一九八四年十月	三三書坊
32 華太平家傳	二〇〇二年二月	聯合文學出版社

中篇

作品	時間	出版社
33黃粱夢	一九八七年七月	三三書坊

◆散文類

作品	時間	出版社
34鳳凰村的戰鼓	一九六六年七月	台灣省新聞處出版部
35朱西甯隨筆	一九七五年六月	水芙蓉出版社
36曲理篇	一九七八年九月	慧龍文化公司
37日月長新花長生	一九七八年十二月	皇冠出版社
38微言篇	一九八一年一月	三三書坊
39多少煙塵	一九八六年六月	台灣省訓團
40一九四九來台日記	二〇二二年三月	印刻文學出版社

◆**其他**

作品	時間	出版社
41 紀念朱西甯先生文學研討會論文集	二〇〇三年五月	聯合文學出版社
42 台灣現當代作家研究資料彙編朱西甯	二〇一二年三月	國立台灣文學館

日記原稿（選摘）

陸軍軍官學校
講義夾

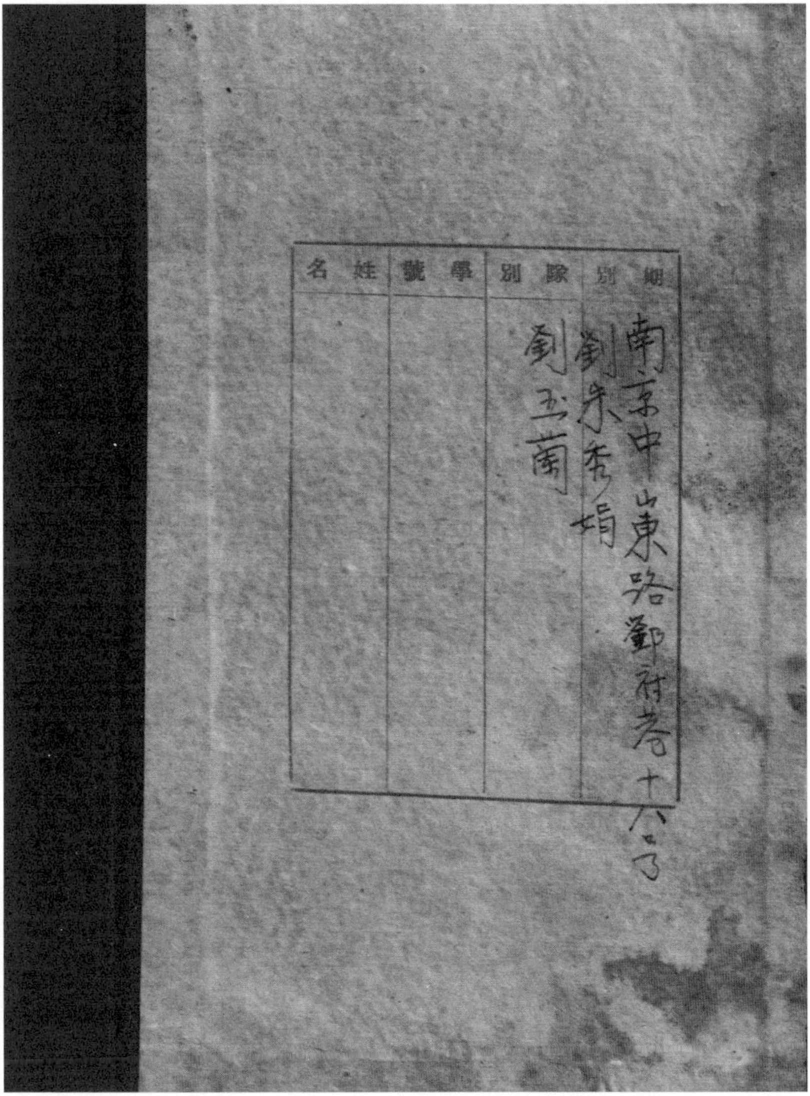
期別
隊別
學號
姓名
南京中山東路鄧府巷十八号
劉秀娟
劉玉蘭

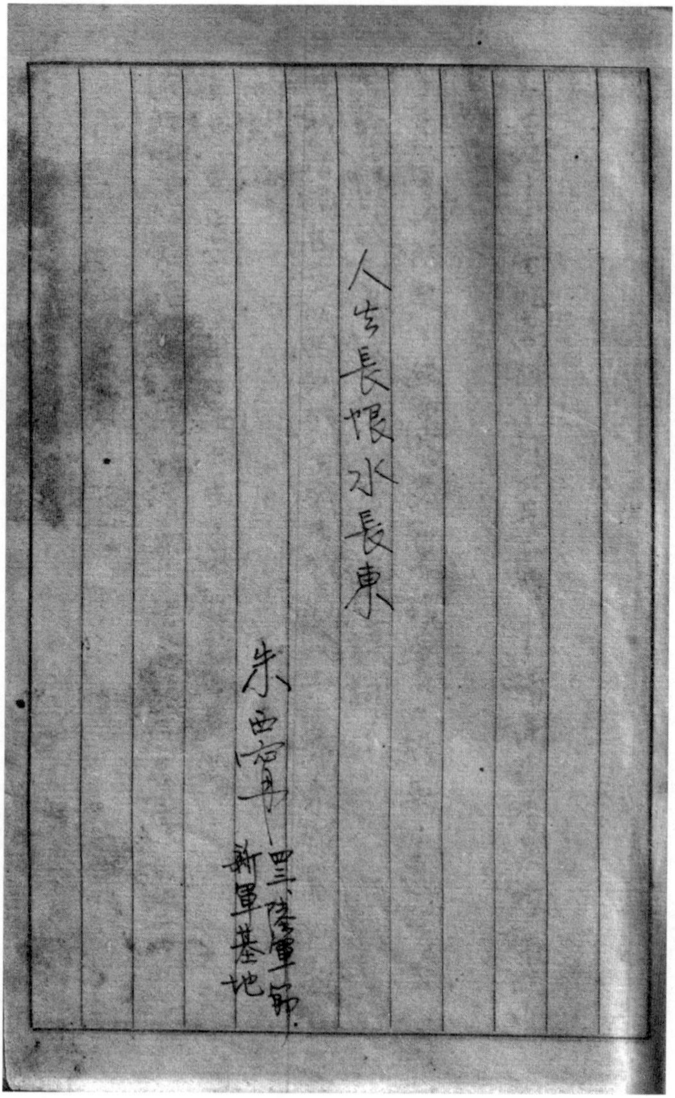
人生長恨水長東
朱西甯
四三、陸軍節
新軍基地

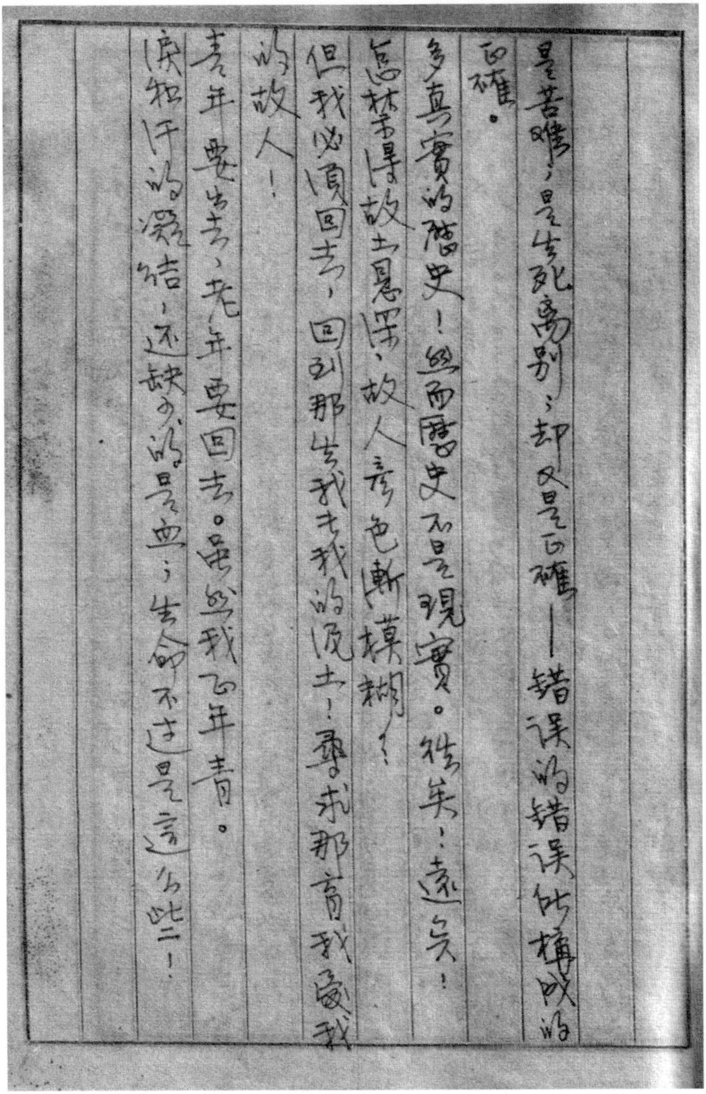
是苦難，是生死離別，卻又是正確——错误的错误所構成的正確。

多真實的歷史！然而歷史不是現實。往矣！遠矣！

怎禁得故土悬深、故人音色斷模糊！？

但我必須回去，回到那生我长我的泥土！尋找那育我養我的故人！

青年要出去，老年要回去。雖然我正年青。

淚和汗的凝結，还缺少的是血；生命不過是這么些！

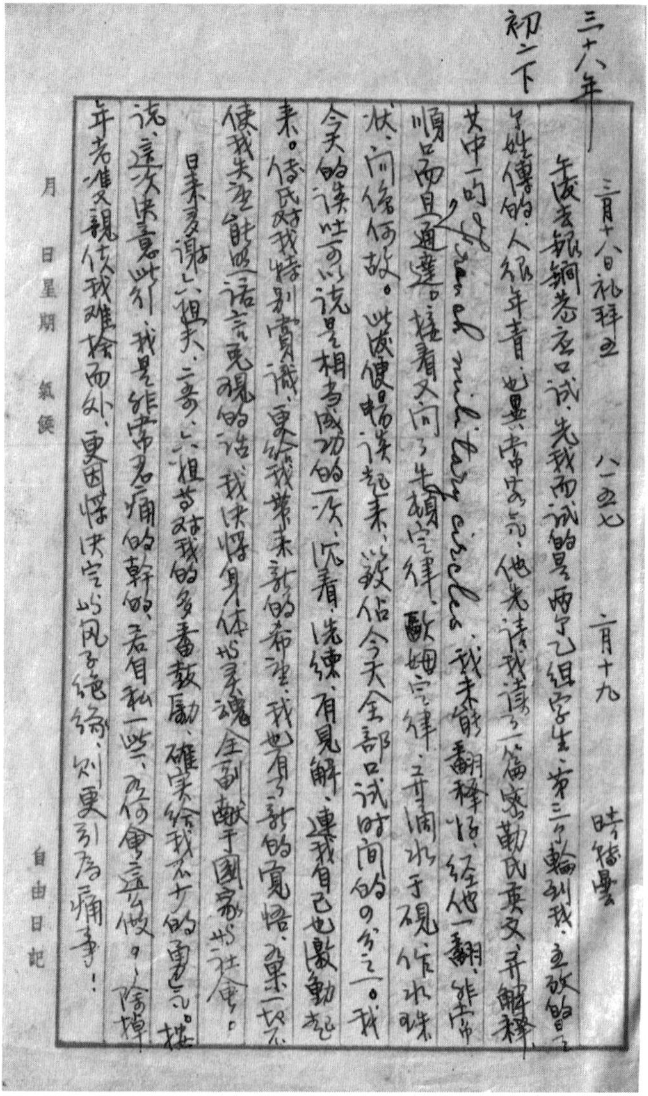
三十八年
初二下

三月十八日 礼拜五 八一五七 二月十九 晴偶曇

今晨去銀銅巷应口試，先我而試的是兩個乙組学生，第三個輪到我，主試的曾一位姓傅的人，很年青，也異常客氣，他先請我讀了一篇密勒氏英文，并解釋其中一句 friend of military circles，我未能翻釋好，經他一翻，非常順口而且通達。接着又問了牛頓定律、歐姆定律，并滴水于硯作水珠狀，問係何故。此後便暢談起來，約佔今天全部口試時間的四分之一。我今天的談吐可以說是相當成功的一次，沉着、洗練、有見解，連我自己也激動起來。傅氏對我特別賞識，更給我帶来新的希望，我也有了新的覺悟，如果一切不使我失望，能照這句話實現的話，我決將身体和靈魂全副獻于國家和社會。

日來晉謁二姐夫、二哥、二姐等對我的多番鼓勵，確實給我不少的勇氣。据說，這次決意出行，我是非常痛苦的幹的，若自私一些，不會這么做，除掉年老雙親使我難捨而外，更因將決定與風子絕緣，則更引為痛事！

月 日 星期 氣候

自由日記

南京出發：三月十八日

南京出發：三月十九日

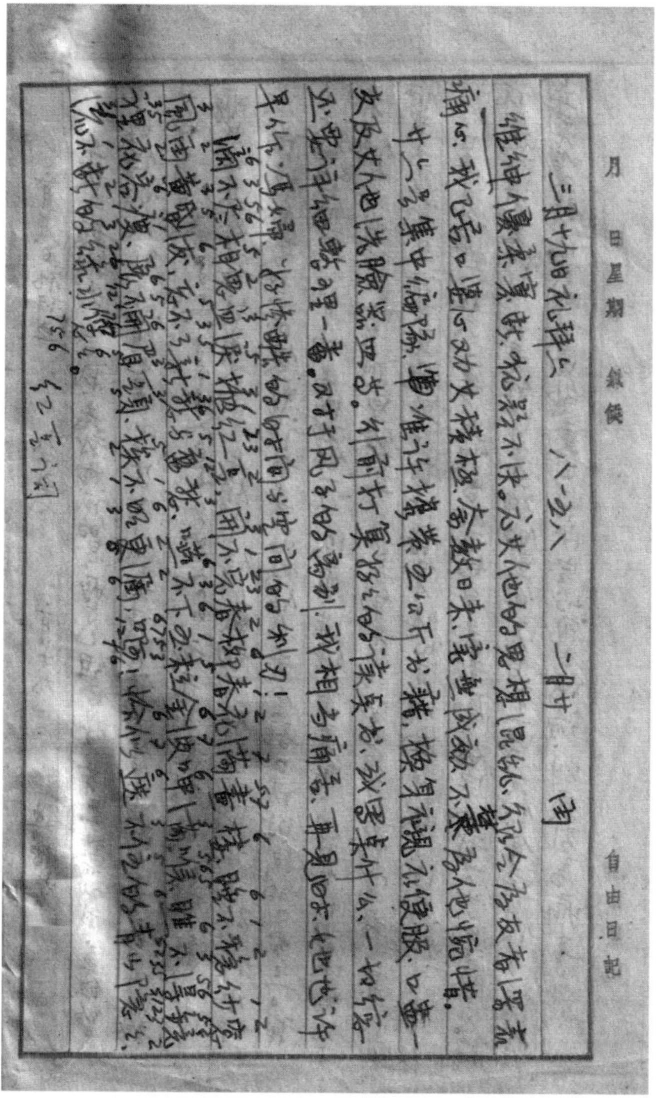

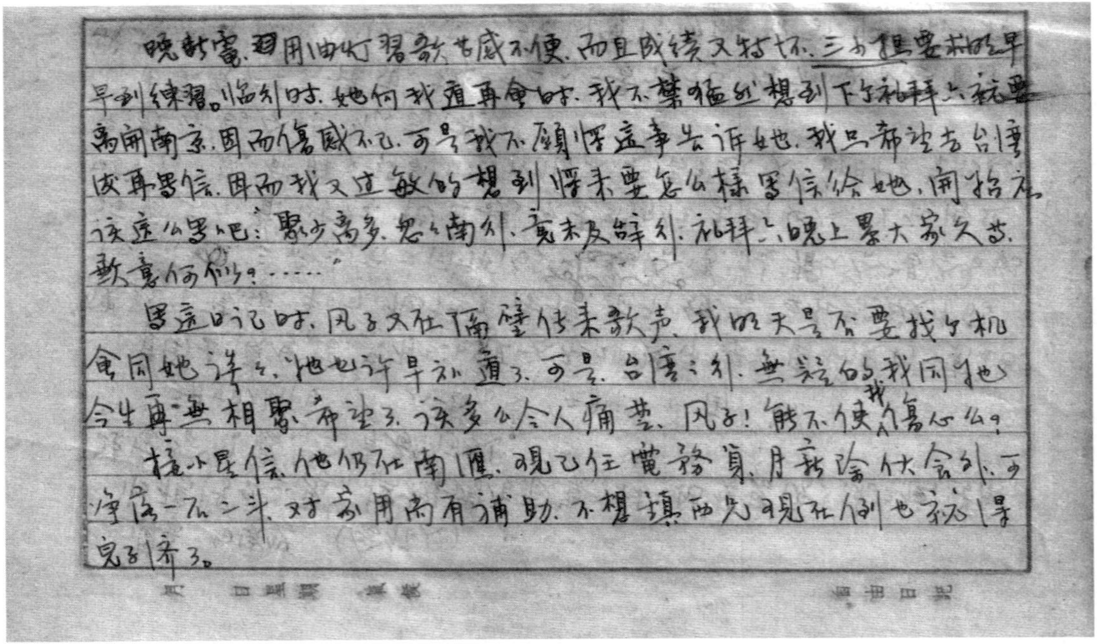

晚新竹電，因用油燈習歌甚感不便，而且成績又特壞。三妹但要我明晨早
早到練習。臨別時，她問我道再會時，我不禁觸然想到下午禮拜六就要
離開南京，因而傷感不已。可是我不願將這事告訴她。我只希望在台灣
收再寫信，因而我又過敏的想到將來要怎麼樣寫信給她，開始不
該這麼寫吧："聚少離多，忽忽離別，竟未及辭別。禮拜六晚上跟大家又共
歡喜何似？……"

寫這日記時，風子又在隔壁傳來歌聲，我明天是否要找個機
會同她講講，她也許早知道了，可是，台灣之別，無疑的我同她
今生再無相聚希望了，該多麼令人痛苦。風子！能不使我傷心麼？

接小晏信，他仍在南匯，現已任黨務員，月薪除伙食外，可
淨存一石二斗，對家用尚有補助，不想填而先現在倒也就得
免了濟了。

南京出發：三月二十八日

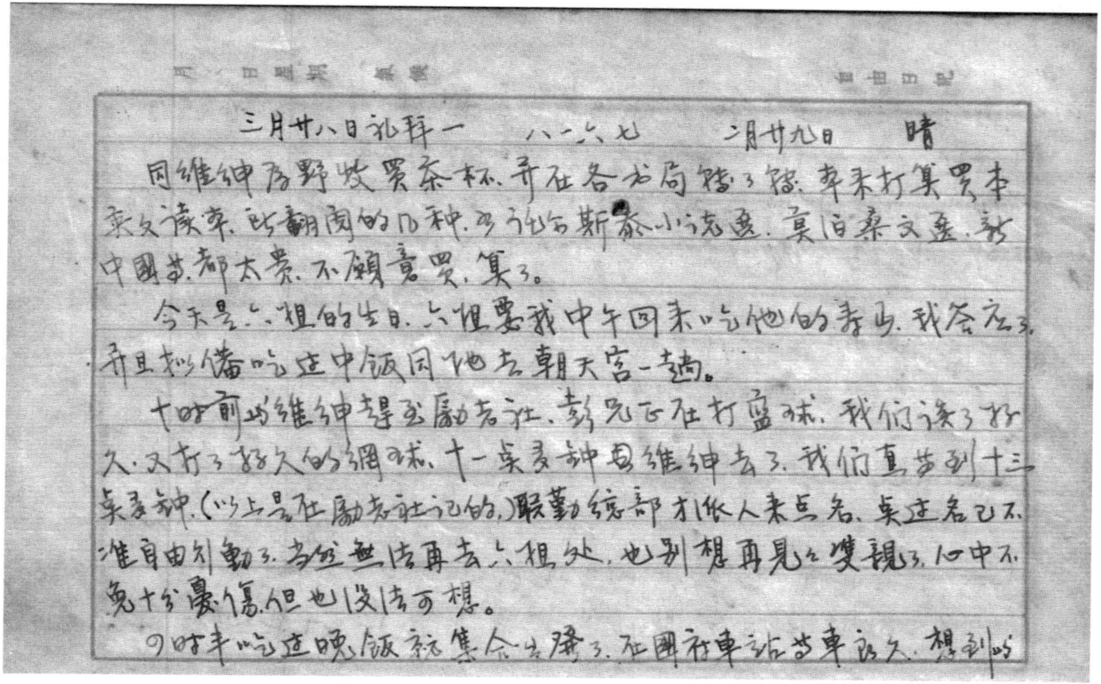

三月廿八日礼拜一　八一六七　二月廿九日　晴

同維紳去野攤買茶杯，并在各书局转了转。本来打算买本英文读本，所翻阅的几种，为了托尔斯泰小说选、莫泊桑文选、新中国史，都太贵，不願意買，算了。

今天是六姐的生日，六姐要我中午回来吃他的寿面，我答应了，并且预备吃过中飯同他去朝天宫一趟。

十时前与維紳望到励志社，彭兄正在打台球。我们谈了好久，又打了好久的網球。十一点多钟与維紳去了。我们直等到十三点钟（以上是在励志社记的）聯勤總部才派人来点名，点过名已不准自由行動了。当然無法再去六姐处，也別想再見么舅舅了，心中不免十分哀傷，但也没法可想。

四时半吃过晚飯就集合出發了。在團体車站等車很久。想到此

月 日星期 氣候
自由日記

上海等船：三月三十一日

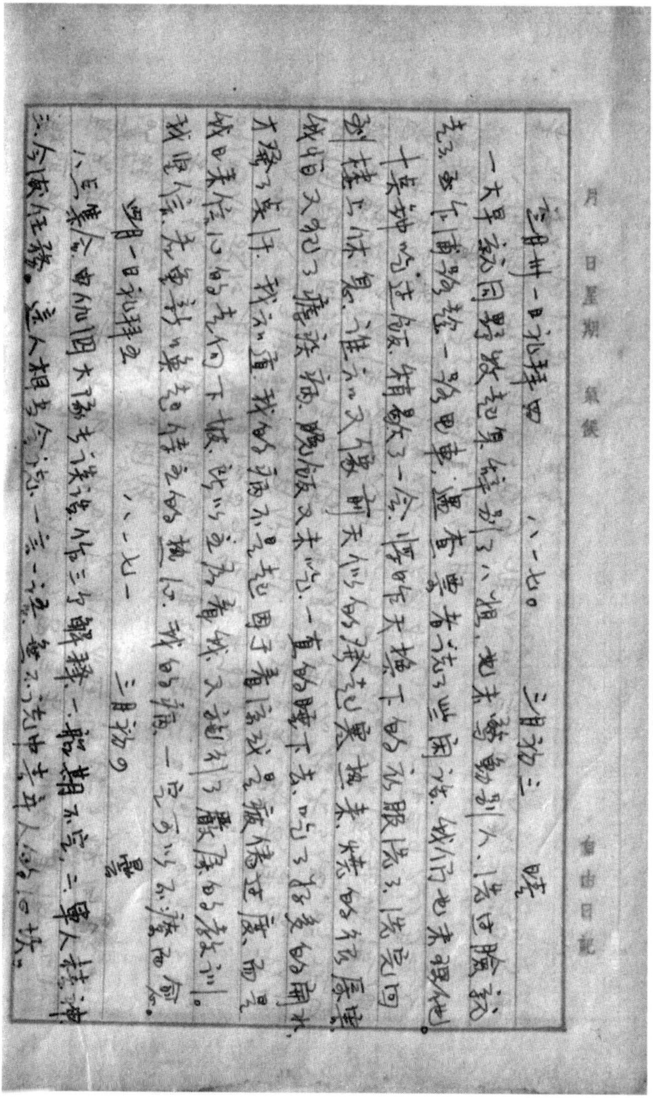

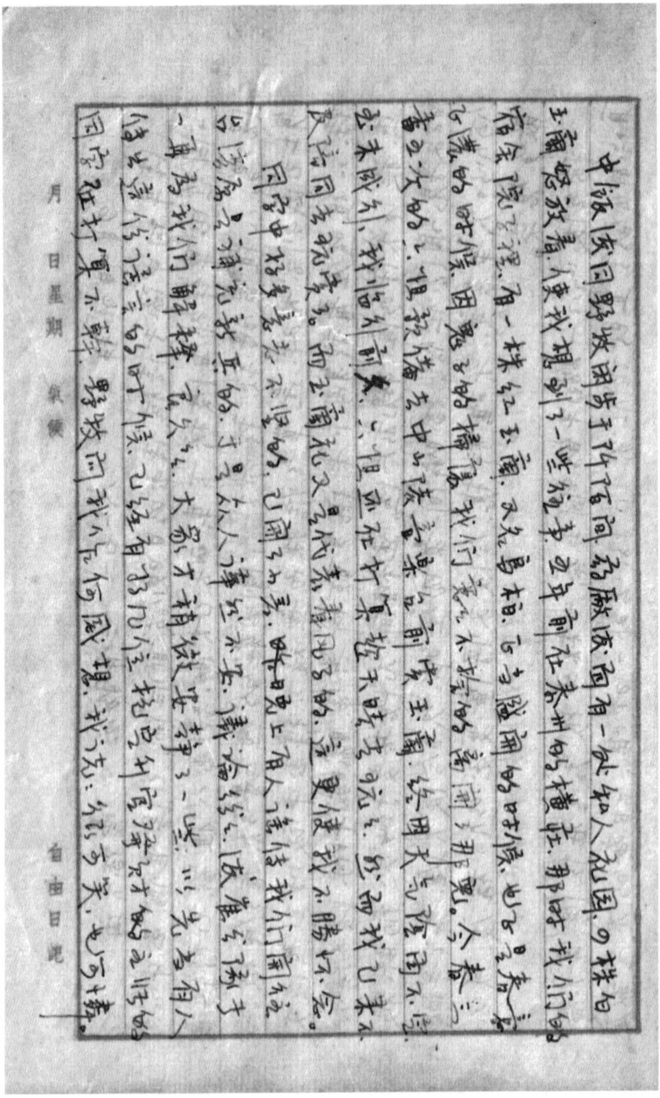

上海等船：四月二日

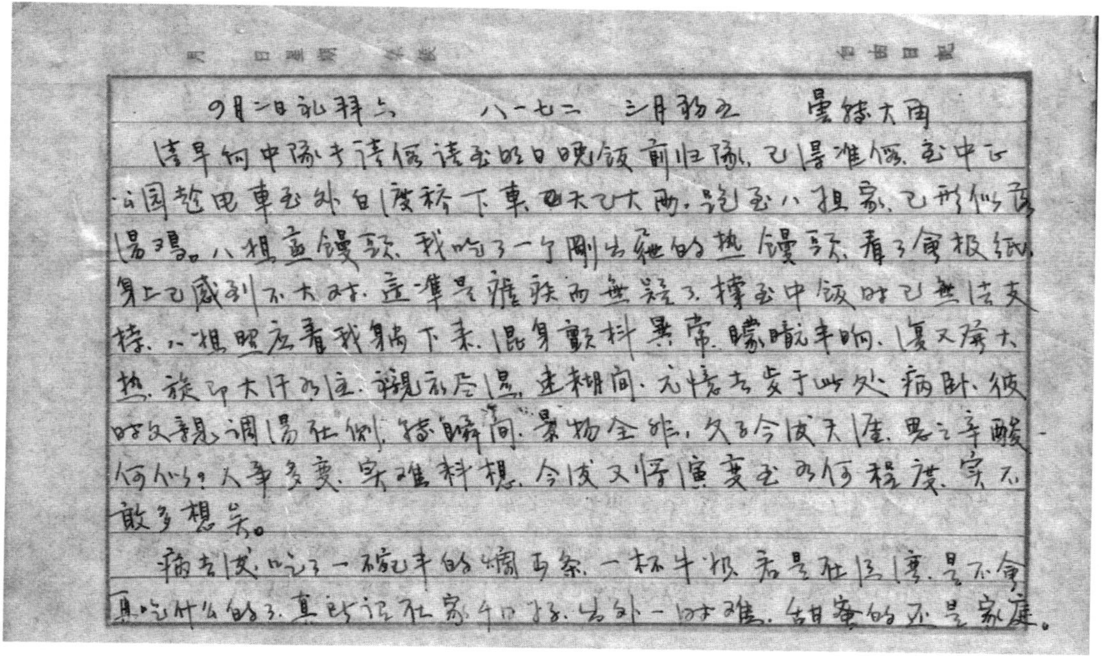

四月二日礼拜六　八一七二　三月初九　曇後大雨

清早向中队长请假请求明日晚饭前归队，已得准假。出中正公园搭电车到外白渡桥下车，此时天已大雨。跑到八姐家，已形似落汤鸡。八姐煮馒头，我吃了一个刚出锅的热馒头，看了会报纸，身上已感到不大对。这准是疟疾而无疑了。撑到中饭时已无法支持。八姐照应着我躺下来，浑身颤抖异常，朦胧半晌，复又发大热，旋即大汗不止，衬衣全湿。迷糊间，忆起去岁于此处病卧，彼时父亲调阳在侧，转瞬间，景物全非，父子今成天涯。思之辛酸何似？人事多变，实难料想。今后又将演变至如何程度，实不敢多想矣。

病去后，吃了一碗半的稀面条，一杯牛奶，若是在往常，是不会真吃什么的了。真所谓在家千日好，出外一时难。甜蜜的还是家庭。

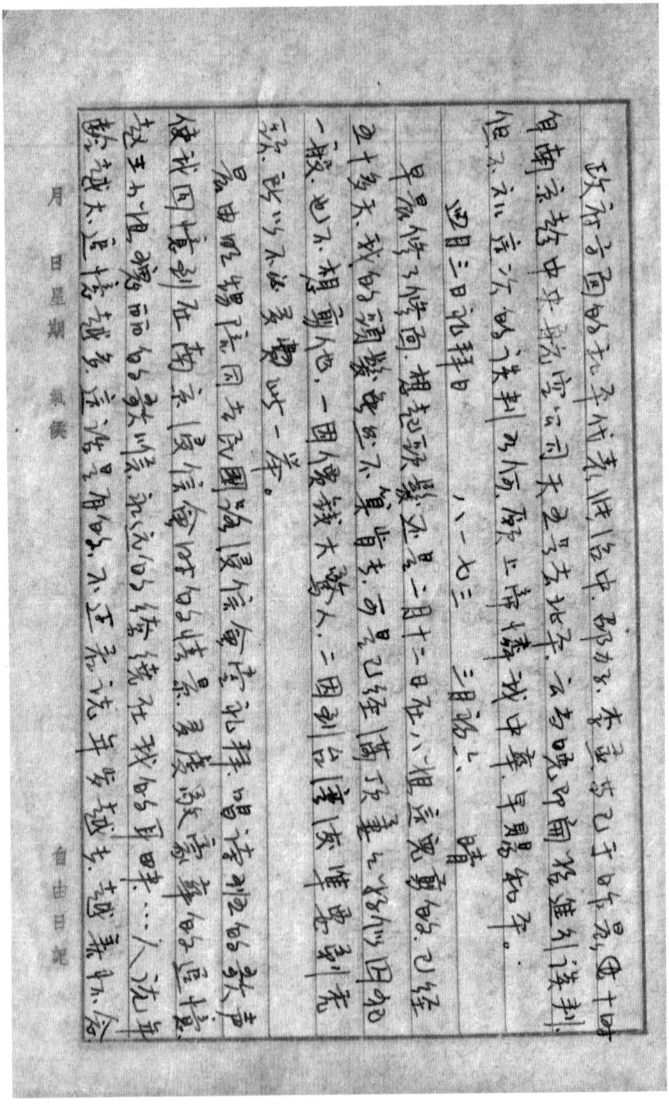

政府方面的和平代表張治中、邵力子、李蒸等已于昨晨十时
自南京乘中央航空公司天王号去北平，今日晚即开始进行谈判，
但不知这次的谈判如何，愿上帝怜我中华，早赐和平。

四月三日礼拜日　八一七三　三月初六　晴

早晨修了修面，想起头发还是二月十二日在八姐这儿剪的，已经
五十多天，我的头发虽然不算多，可是已经满顶蓬蓬好似囚犯
一般，也不想剪他，一因价钱太惊人，二因到台湾后准要剃光
头，所以不必多费此一举。

晨由昭锡陪同去民国路浸信会堂礼拜，唱诗班的歌声
使我回忆到在南京浸信会时的情景，多么豪华的追忆，
赵王小姐瑰丽的歌喉，永远的缭绕在我的耳畔……人说年
龄越大，追忆越多，这话是有的，不过应说年岁越长，越喜怀念

月　日星期　氣候　自由日記

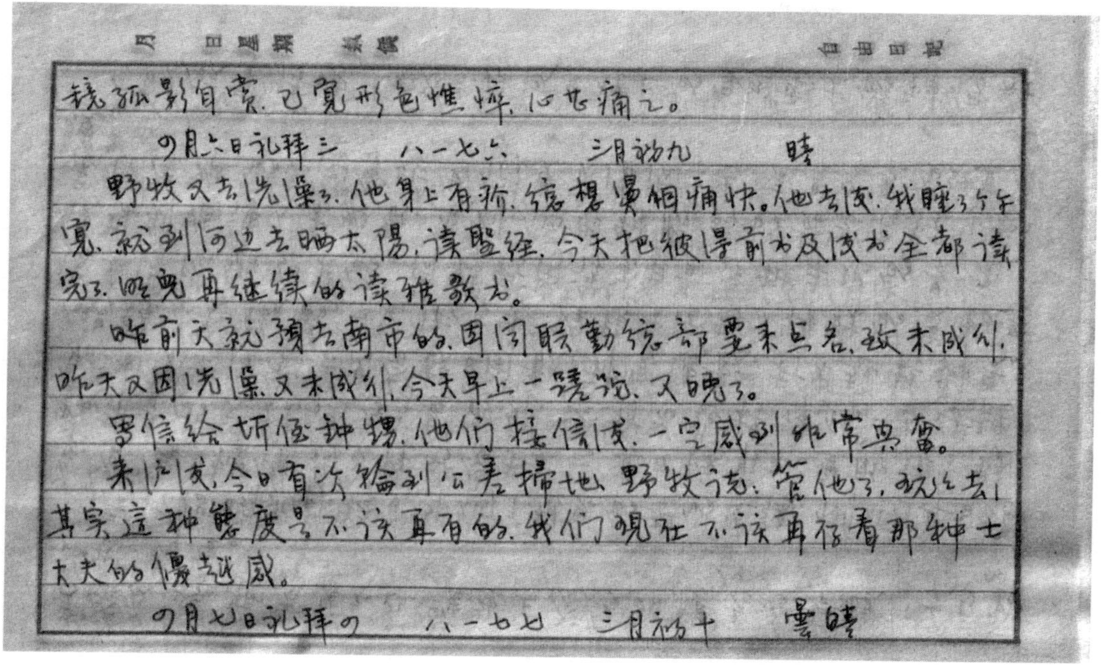
月　日星期　氣候　　　　自由日記

镜孤影自赏，已觉形色憔悴，心也痛之。

四月六日礼拜三　八一七六　三月初九　晴

野牧又去洗澡了，他身上有疥，搔得异常痛快。他去后，我睡了个午觉，就到河边去晒太阳，读圣经。今天把彼得前书及后书全部读完了，明儿再继续的读雅各书。

昨前天就预去南市的国闻联勤总部要来点名，致未成功。昨天又因洗澡又未成功，今天早上一蹉跎，又晚了。

写信给圻侄钟镖，他们接信后，一定感到非常兴奋。

来此后，今日首次轮到公差扫地，野牧说：管他了，玩儿去！其实这种态度是不该再有的，我们现在不该再存着那种士大夫的优越感。

四月七日礼拜四　八一七七　三月初十　云晴

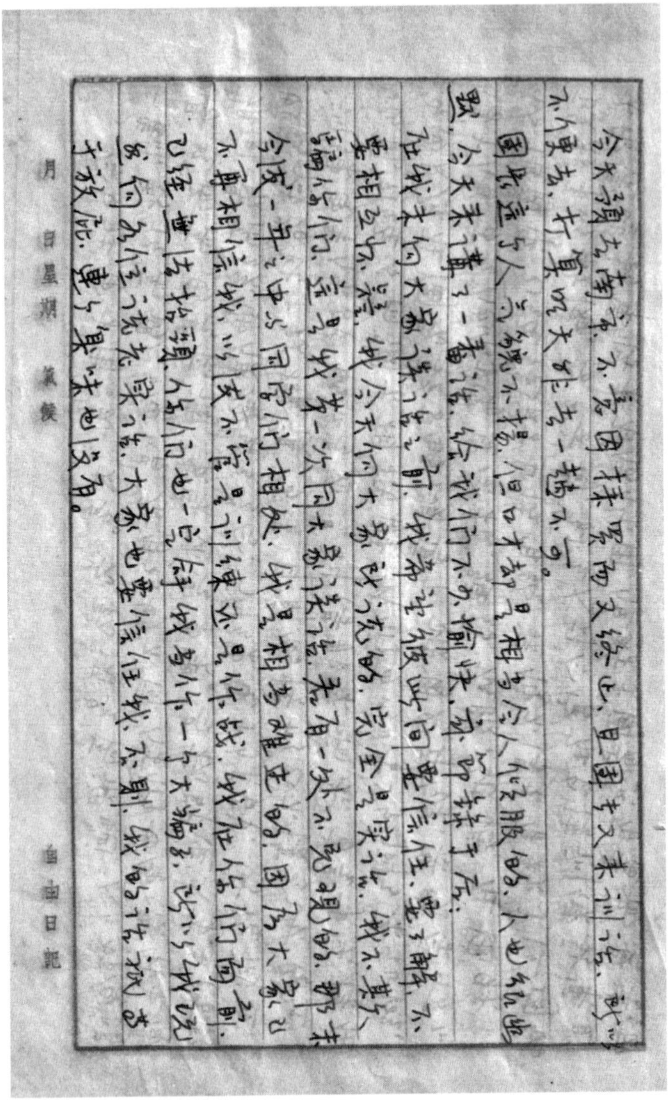

今天須去南京，不意因採買而又終止，且團長又來訓話，所以不便去，打算明天非去一趟不可。

團長這個人言貌不揚，但口才卻是相當令人佩服的，人也很幽默，今天來講了一番話，給我們不少愉快，茲節錄于后：

在我未同大家談話之前，我希望彼此間要信任、要了解，不要相互懷疑，我今天同大家所說的，完全是實話，我不欺騙你們，這是我第一次同大家談話，若有一些不兌現的，那末今後一年之中與同學們相處，我是相當難走的，因為大家已不再相信我，以後不管是訓練或是作戰，我在你們面前，已經無法抬頭，你們也一定會將我當作一個大騙子，所以我現在向各位說老實話，大家也要信任我，否則，我的話就等于放屁，連個臭味也沒有。

月　日星期　氣候　　自由日記

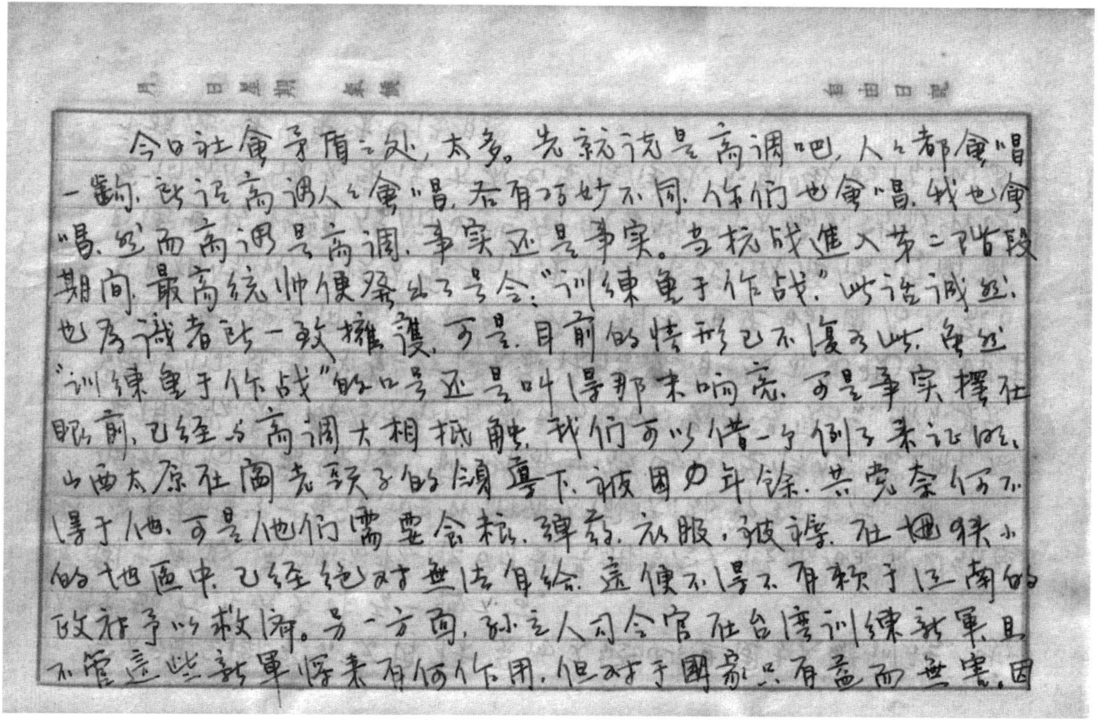

今日社會矛盾之處，太多。先就說是高調吧，人人都會唱
一齣，說這高調人人會唱，各有巧妙不同，你們也會唱，我也會
唱，然而高調是高調，事實還是事實。當抗戰進入第二階段
期間，最高統帥便發出了號令："訓練重于作戰"，此話誠然，
也為識者所一致擁護，可是，目前的情形已不復如此，雖然
"訓練重于作戰"的口號還是叫得那末响亮，可是事實擺在
眼前，已經與高調大相抵觸，我們可以借一個例子來証明，
山西太原在閻老頭子的領導下，被困四年餘，共黨奈何不
得于他，可是他們需要食糧、彈藥、衣服、被褥，在四圍狹小
的地區中，已經絕對無法自給，這便不得不有賴于江南的
政府予以救濟。另一方面，孫立人司令官在台灣訓練新軍，且
不管這些新軍將來有何作用，但對于國家只有益而無害，因

船上：四月二十三日

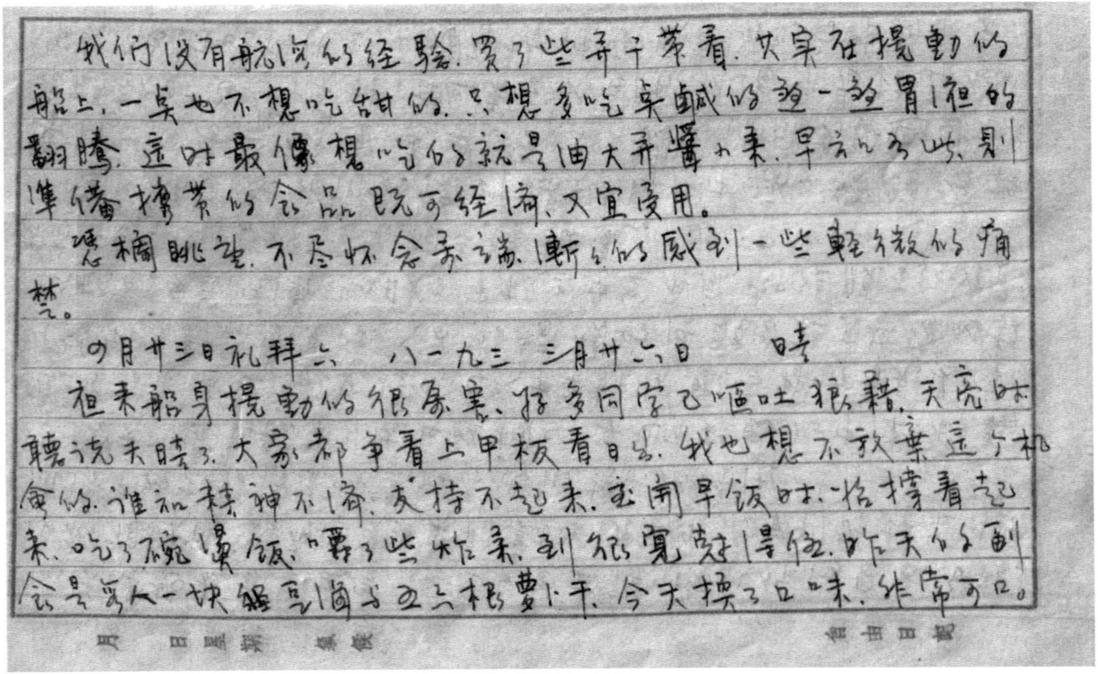
我們沒有航海的經驗，買了些餅干等着，只要在搖動的船上，一點也不想吃甜的，只想多吃點鹹的菜，免得胃裡的翻騰。這時最後悔的就是由大井帶小菜，早就買了些，則準備攜帶的食品，既可經濟，又宜食用。

從窗眺望，不忍懷念家鄉，斷斷的感到一些輕微的痛楚。

四月廿三日禮拜六　一九四九　三月廿六日　晴

清早船身搖動的很厲害，好多同學已嘔吐狼藉。天亮時聽說天晴了，大家都爭看上甲板看日出。我也想不放棄這個機會的，誰知精神不濟，支持不起來。到開早飯時，才掙扎着起來，吃了碗稀飯，嚼了些炸菜，到很覺舒服得多。昨天的副食是每人一塊鹹魚與兩個五六根蘿蔔干，今天換了口味，非常可口。

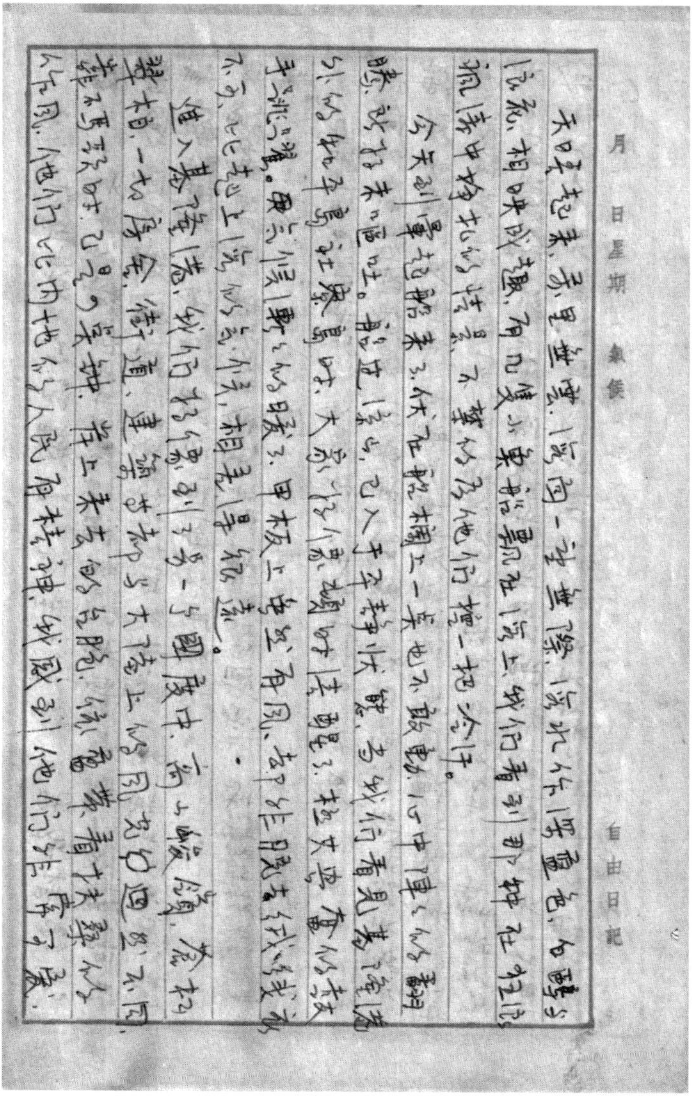
月　日星期　氣候　自由日記

天晴起來，萬里無雲，海面一望無際，海水作深藍色，白碧的浪花，相映成趣，有几隻小魚船飄在海上，我们看到那种在狂浪風濤中掙扎的情景，不禁的為他们捏一把冷汗。

今天到暈起船来了，伏在船欄上一点也不敢動，心中陣陣的翻騰，就好未嘔吐。船近滨山，已入于平静状態，当我们看見基隆港外的和平島社寮島时，大家好像頓时清醒了，極其興奮的鼓手跳躍。天气漸漸的暖了，甲板上虽然有風，却非脱去绒线衣不可，比起上海的气候，相差得很遠。

進入基隆港，我们好像到了另一个國度中，高山峻嶺，蒼松翠柏，一切房舍，街道，建築，都与大陸上的风光迥然不同，靠碼頭时已是四点钟，岸上来去的台胞，很富帶着扶桑的作風，他们比内地的人民有精神，我感到他们非常可愛。

抵台基隆港：四月二十四日

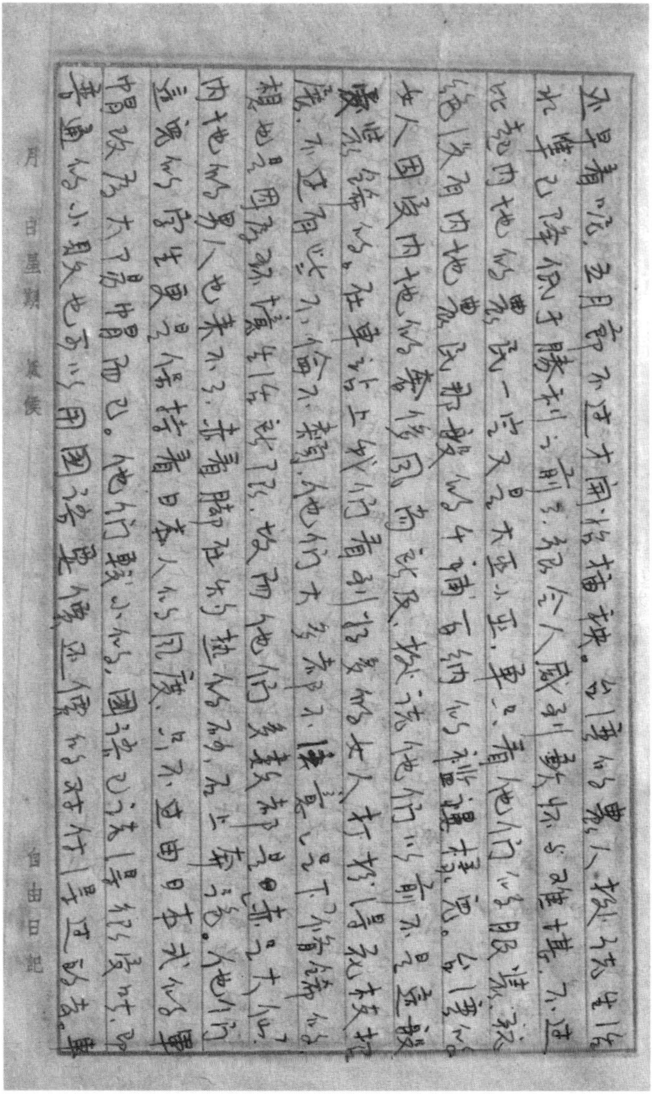
月 日 星期 天候
自由日記

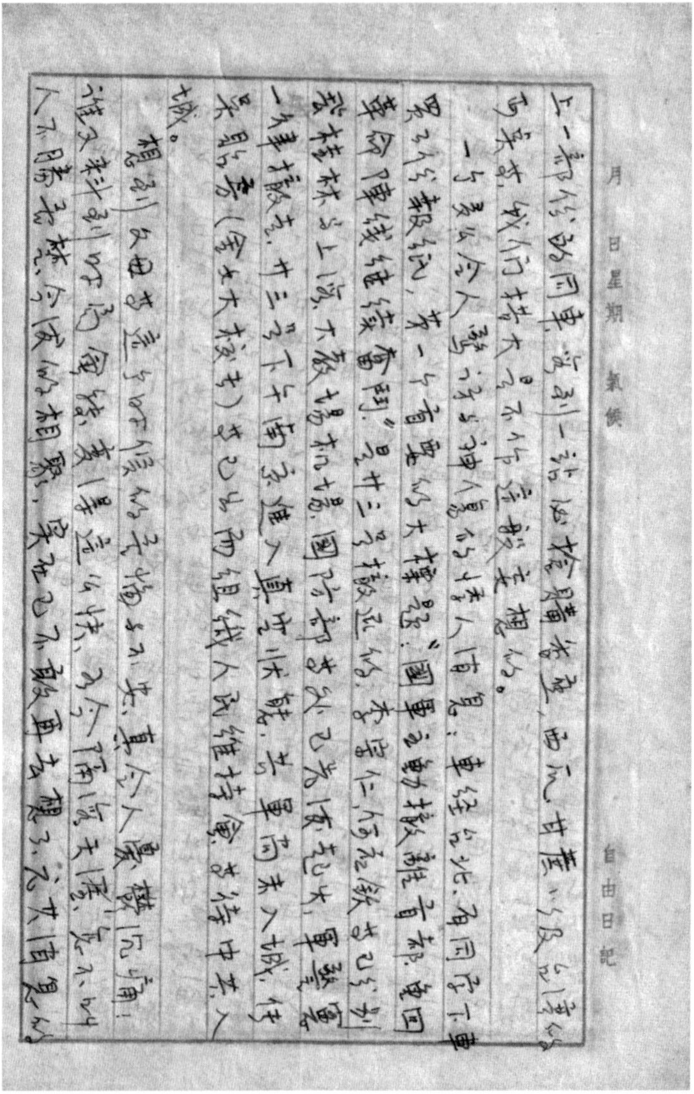

1949 來台日記

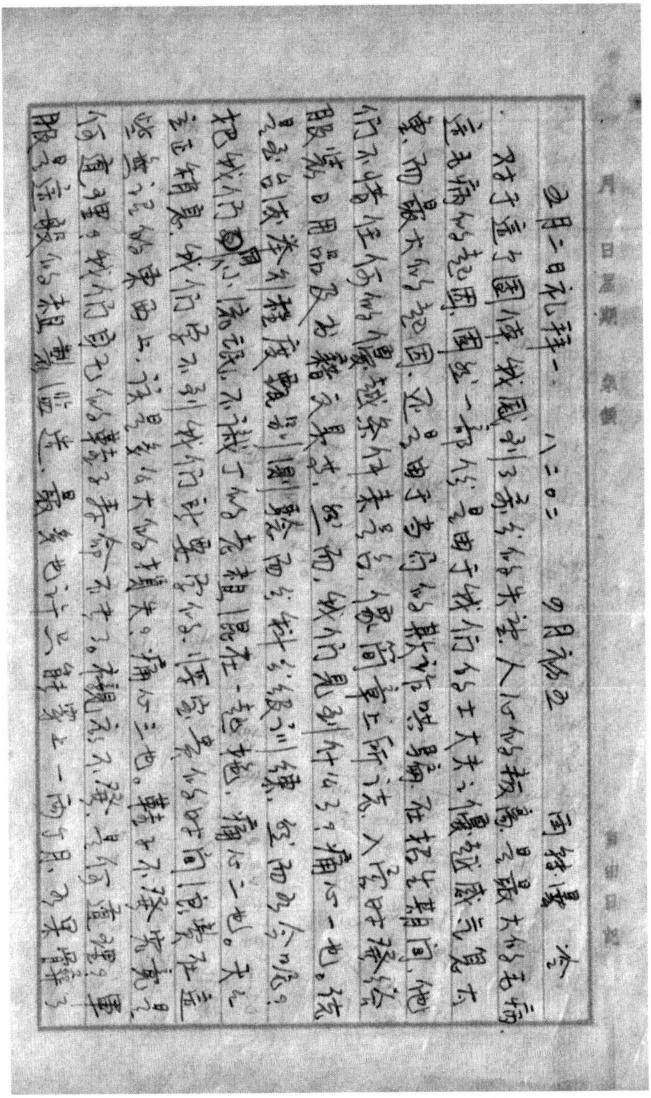

台南旭町營房：五月二日

月 日 星期 氣候
自由日記

台南旭町營房：五月二十五日

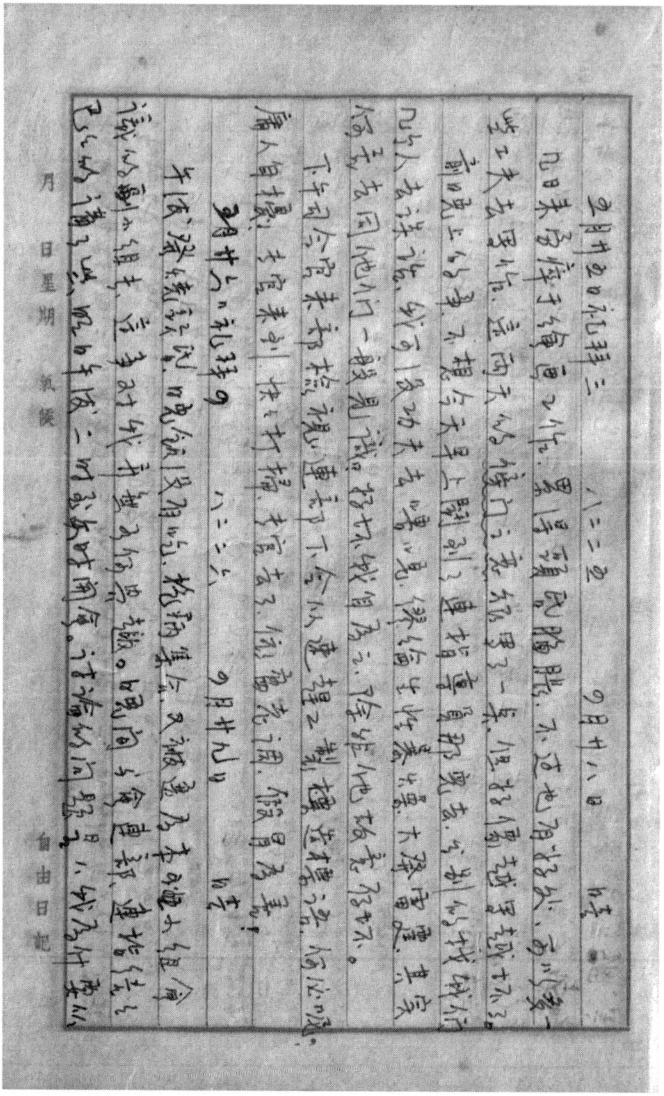

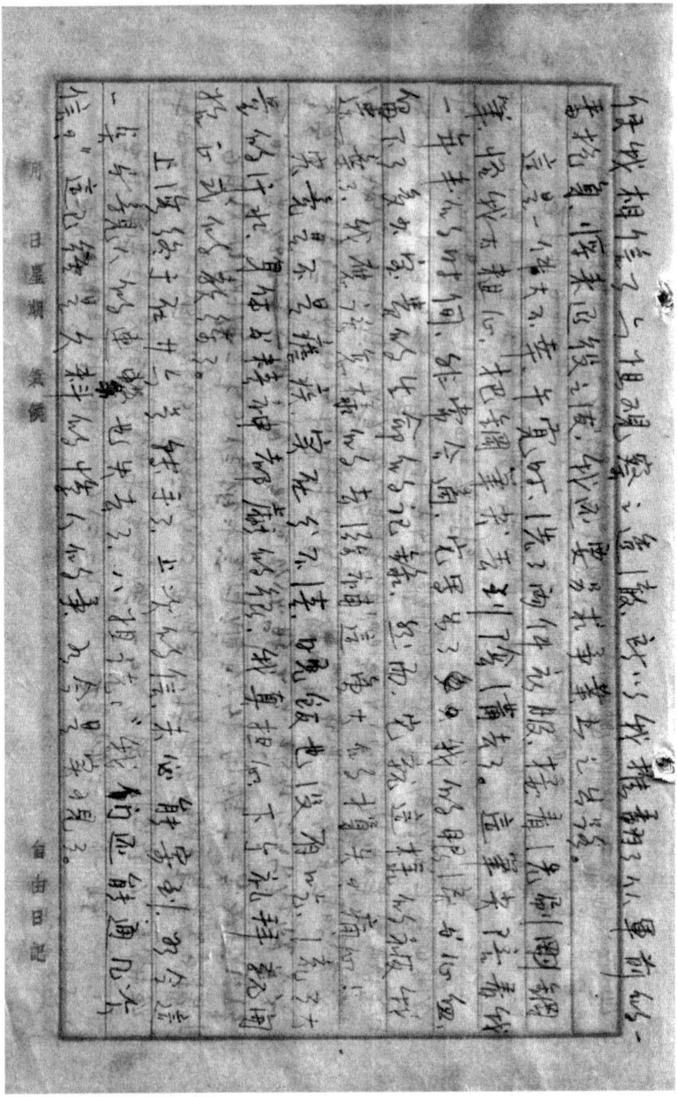

月　日　星期　氣候

自由日記

1949 來台日記

台南旭町營房：五月二十九日

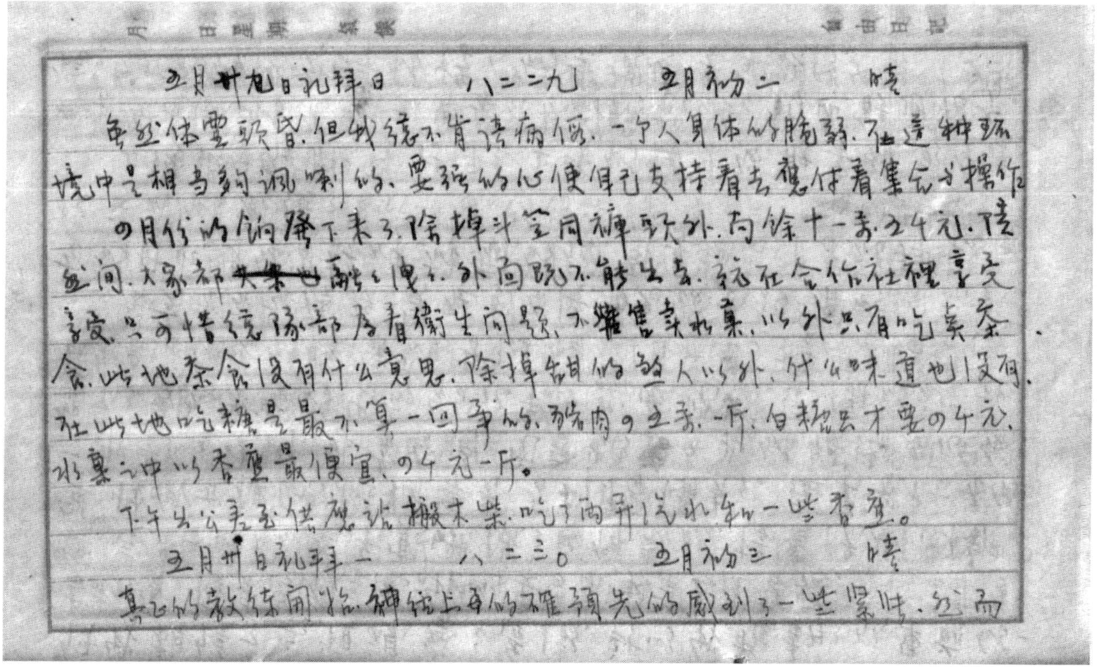
五月廿九日礼拜日　八二九　五月初二　晴

雖然体重頗降，但我總不肯請病假。一个人身体的脆弱，在這种環境中是相当夠諷刺的。要强的心使自己支持着去應付着集合与操作。

四月份的餉發下来了。除掉斗笠肉褲頭外，尚餘十一万五千元。隆然间，大家都酷々傻々。外面既不能出去，就在合作社裡享受享受。只可惜總隊部為着衛生問題，不准售賣冰菓，以外只有吃点茶食。此地茶食沒有什么意思，除掉甜的蕉人以外，什么味道也沒有。在此地吃糖是最不算一回事的，豬肉四五萬一斤，白糖只才要四千元，水菓之中以香蕉最便宜，四千元一斤。

下午出公差去借礎站搬木柴，吃了兩瓶汽水和一些香蕉。

五月卅日礼拜一　八三〇　五月初三　晴

真正的教練開始，褲管上面的雅領先的感到了一些緊張，然而

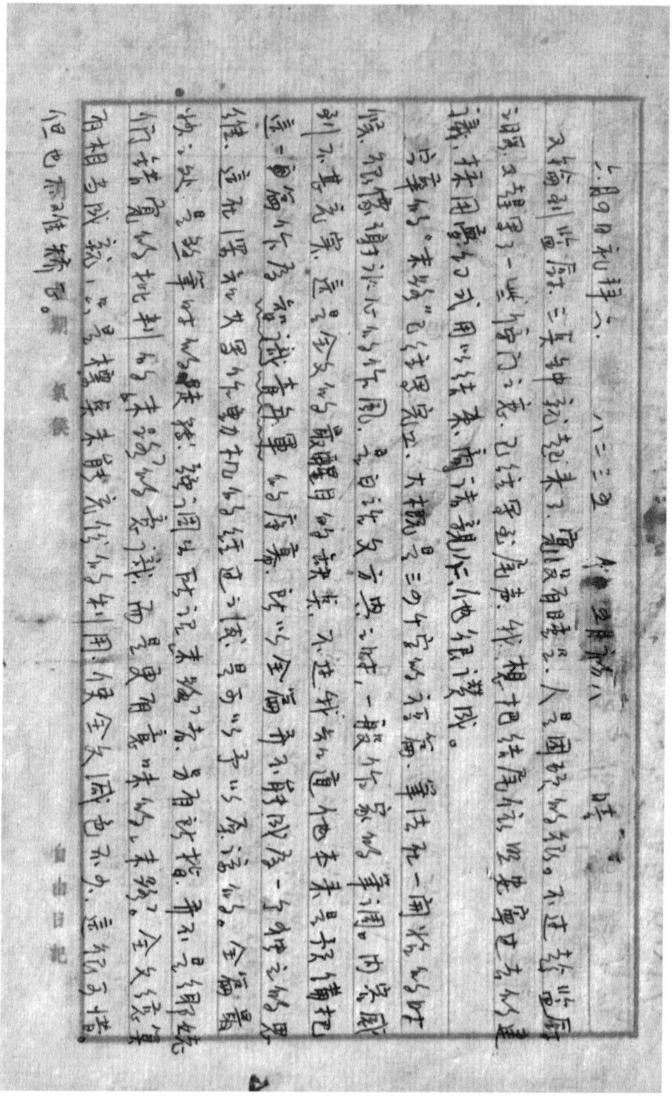

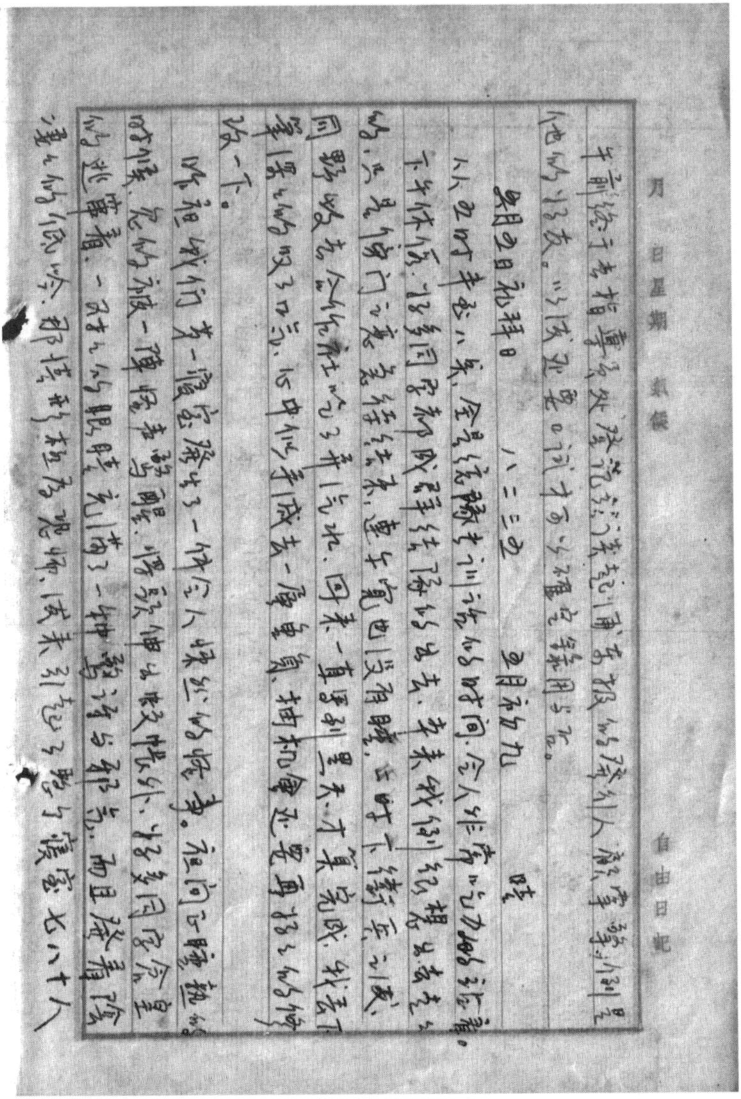
月　日星期　氣候　自由日記
午前給于老指導員處登記，談起補考報的發引人顧掌錚，倒是他的好友。以後還要口試才可以確定錄用與否。
八月五日禮拜日　八二三五　五月初九　晴
從五時半到八點，全是總隊長訓話的時間，令人非常吃力的站着。
下午休假，好多同學都成群結隊的出去，本來我倒很想出去走走的，只是傍門衛兵急待結束，連午覺也沒有睡，六時下衛兵以後，同野峻去合作社吃了兩碗冰，回來一直寫到黑天，才算完成，我丟下筆深深的嘆了口氣，心中似乎減去一層重負，抽機會還要再好好的修改一下。
昨夜我們第一寢室發生了一件令人悚然的怪事。夜間正睡熟的時候，忽的被一陣怪聲驚醒，將頭伸出蚊帳外，好多同學倉皇的逃竄着，一雙雙的眼睛充滿了一種驚訝與邪氣，而且發着陰淒淒的低吟，那情形極為恐怖，後來引起了整個寢室七八十人

台南旭町營房：六月十三～十五日

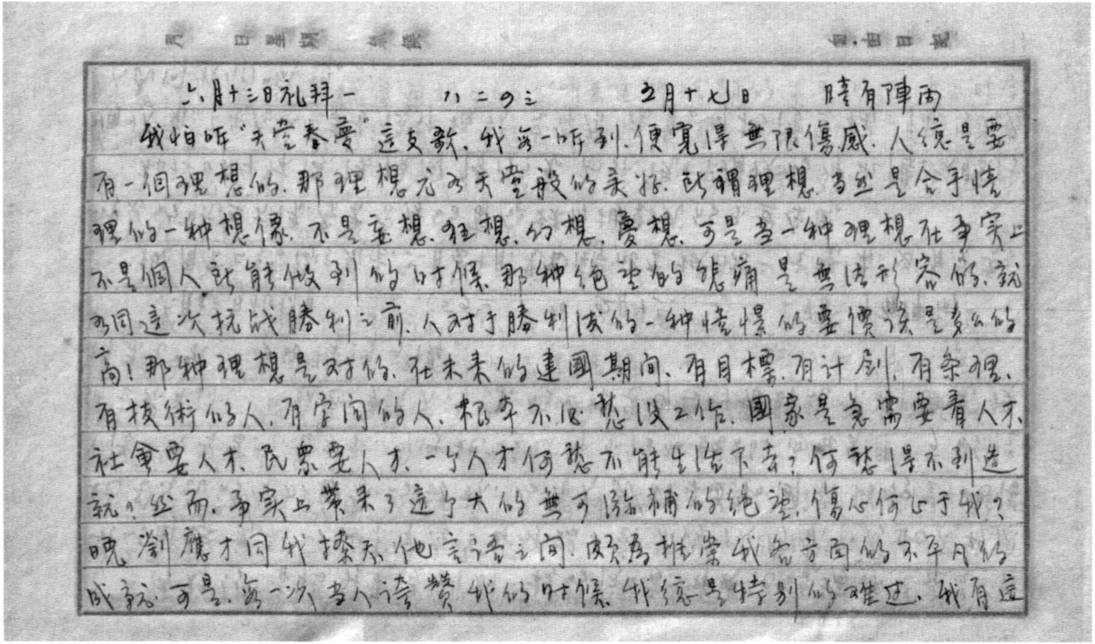
六月十三日禮拜一　八二〇三　五月十七日　晴有陣雨

我怕听"天堂春夢"這支歌，我每一听到，便覺得無限傷感。人總是要有一個理想的，那理想就如天堂般的美好，所謂理想，當然是合乎情理的一种想像，不是妄想、狂想、幻想、夢想。可是當一种理想在事實上不是個人所能做到的時候，那种絕望的悲痛是無法形容的。就如同這次抗戰勝利之前，人對于勝利後的一种憧憬的要價該是多么的高！那种理想是對的，在未來的建國期間，有目標，有計劃，有條理，有技術的人，有學問的人，根本不必愁沒工作，國家是急需要有人才，社會要人才，民眾要人才，一个人才何愁不能生活下去？何愁得不到造就？然而，事實上帶來了這个大的無可彌補的絕望，傷心何止于我？

晚，劉膺才同我談天，他言語之間，頗為推崇我在各方面的不平凡的成就，可是，每一次有人誇贊我的時候，我總是特別的難過，我有這

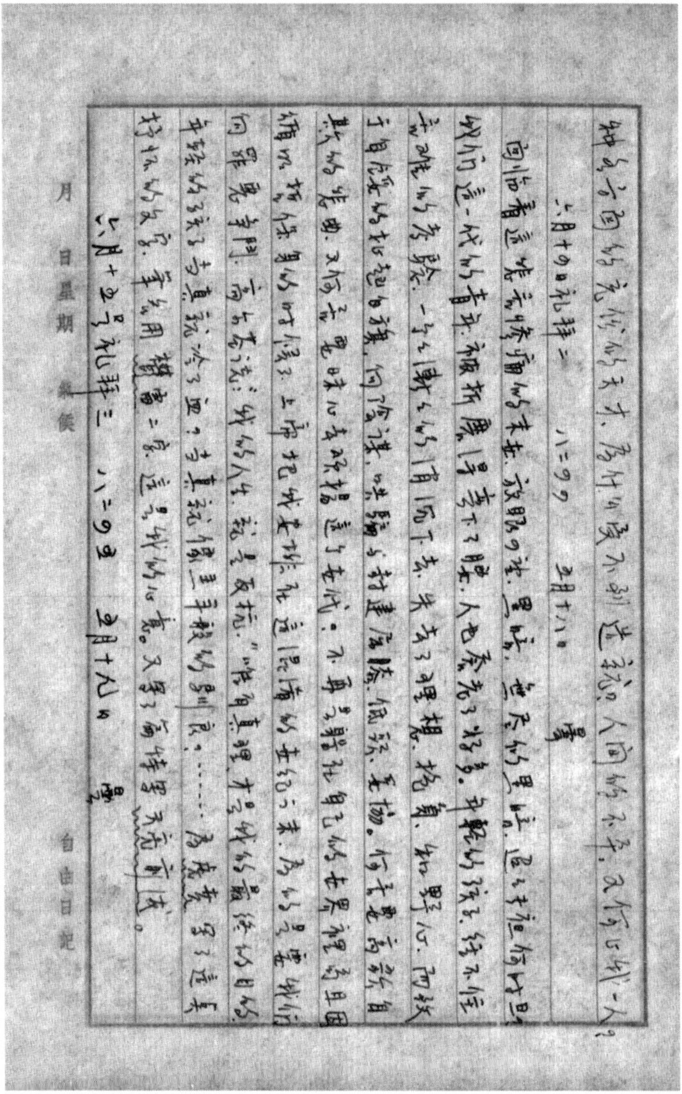
种各方面的充份的天才，為什么受不到造就？人間的不平，又何止我一人？

六月十四日礼拜二　八二〇七　五月十八日　曇

面臨着這些悽慘痛的未來，放眼四望，黑暗，無盡的黑暗，這公平何時是？我們這一代的青年，被折磨得喪下了臉，人也蒼老了好多。年輕的孩子，經不住無情的考驗，一個個慚慚的消沉下去，失去了理想，抱負，和野心。而投于自爆的抗拒白旗，向陰謀，哄騙與封建屈膝，低頭，妥協。何曾要高歌自然的樂曲，又何曾要昧心專頌揚這個世代。不再是躲在自己的世界裡苟且因循以哲保身的時候了。上帝把我安排在這混淆的世紀之末，為的是要我們向罪惡爭鬥。高爾基說：我的人生，就是反抗。"唯有真理，才是我的最終的目的。年輕的孩子喜真就冷了血？喜真就像老年般的馴良？……為底要寫了這篇抒懷的文字，筆名用讚畫二字，這是我的心意。又寫了篇悼寫天意前途。

六月十五日礼拜三　八二〇五　五月十九日　曇

月　日星期　氣候　自由日記

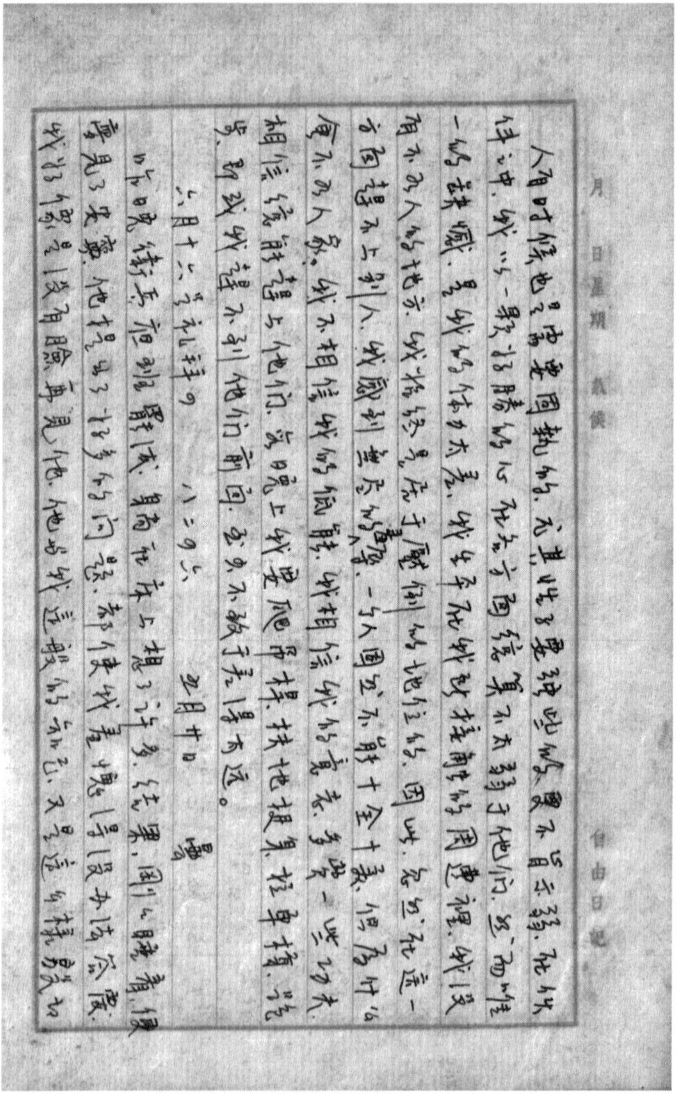
月 日 星期 氣候
自由日記

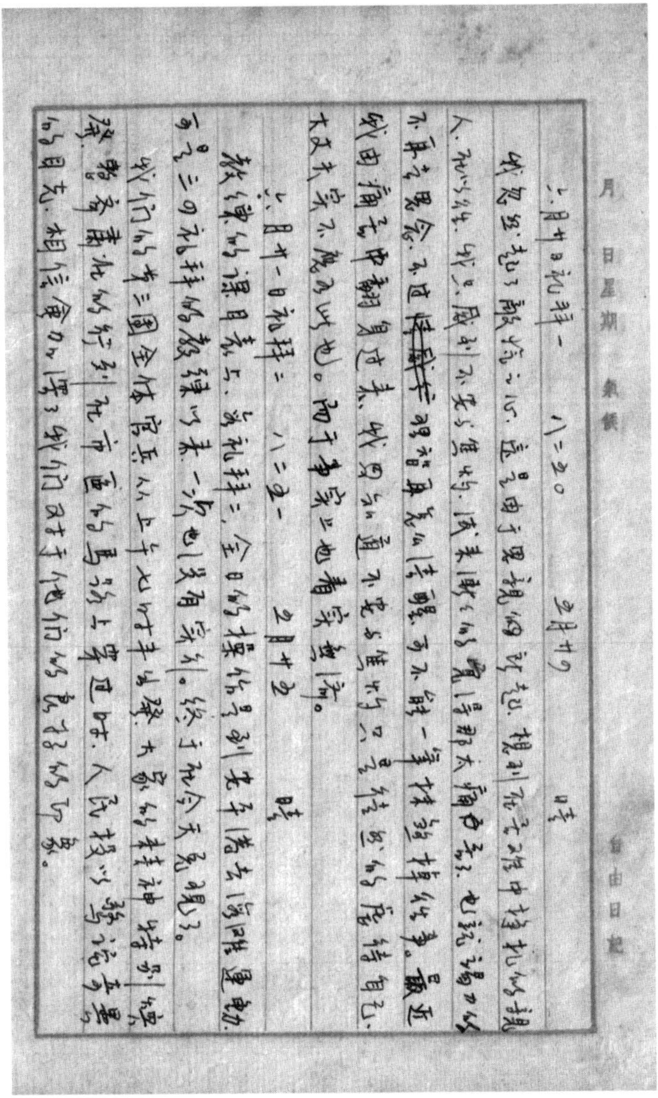

台南旭町營房：六月二十～二十一日

月　日　星期　氣候　自由日記

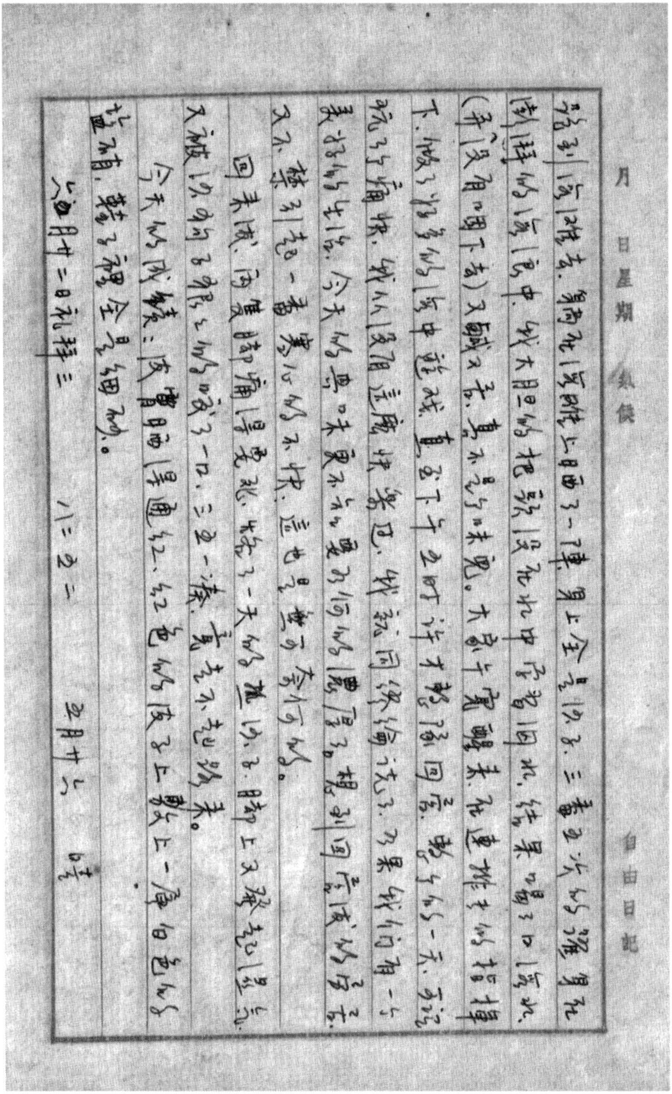
月　日星期　氣候　　　　自由日記

跑到海灘去。躺在海灘上晒了一陣。身上全是沙子。三番五次的躍身在
澎湃的海浪中。我大胆的把頭浸在水中學習閉水。結果喝了口海水。
(并沒有咽下去)又鹹又苦。真不是个味兒。大家午覺醒来在連排长的指揮
下。做了好多的海中遊戲。直至下午五時許才整隊回營。整个的一天。可説
玩了个痛快。我從没有這麼快樂过。我就同係倫说了。如果我们有一个
美好的生活。今天的趣味更不知要如何的濃厚了。想到回營後的受苦。
又不禁引起一番寒心的不快。這也是無可奈何的。
　　回来後。兩隻脚痛得要死。晒了一天的熱沙子。脚上又發起湿气
又被沙狗子狠狠的咬了一口。三五一湊。竟走不起路来。
　　今天的成績：皮膚晒得通紅。紅色的皮子上敷上一層白色的
鹽積。鞋子裡全是細砂。
六四月廿二日礼拜三　　八二五二　　五月廿六　晴

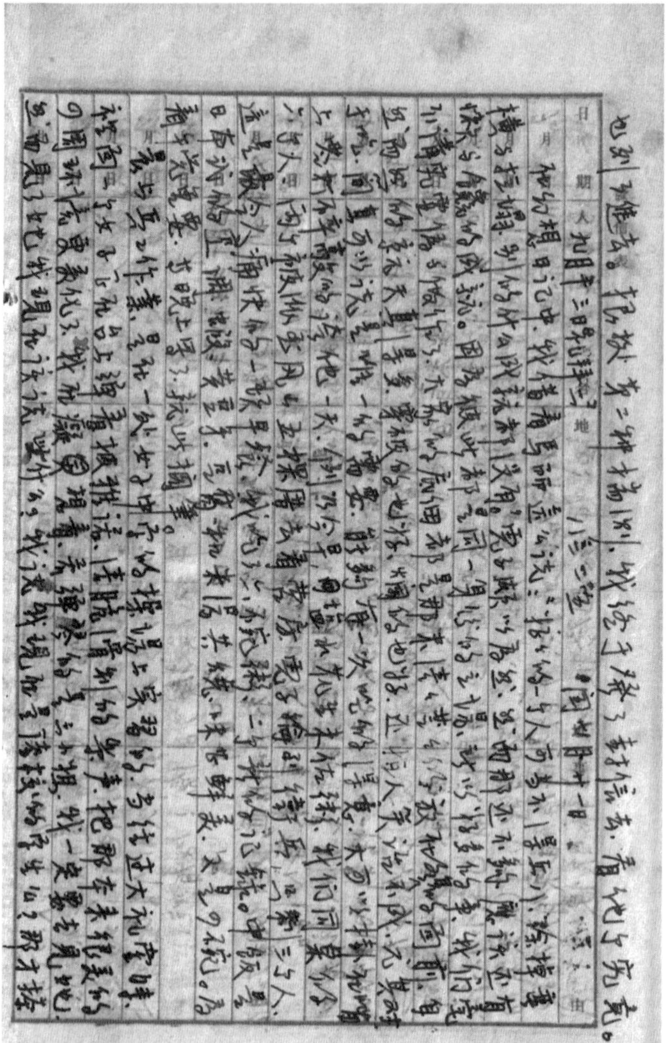

台南旭町營房：九月十三日

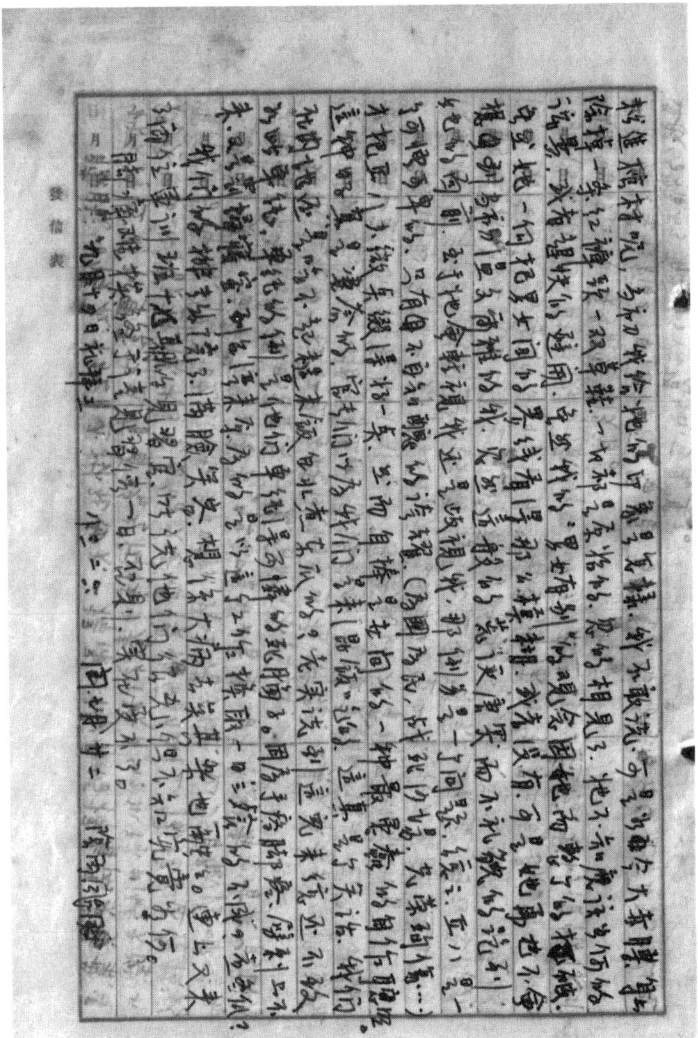
送進棺材呢，當初我給他們印象是怎樣，我不敢說，可是如今大家瞧，身上
除掉一條紅褲頭一雙草鞋，一切都是原始的，眾的相見了，她不知應該如何的
說是，我看得快的趕開，雖然我的"男女有別"的觀念因她而整了的打破，
只要她一句把男女間的界線看得那麼模糊，我是沒有，可是她再也不會
想到對當初溫文爾雅的我，突然這般的荒誕唐突而不禮貌的說到
她的面前，至于她會輕視我還是歧視我，那倒另是一個問題，總之，丘八是一
個可憐可卑的，只有自不自知醜的誇耀（為國為民，戰死沙場，光榮犧牲……）
才把丘八大徽兵緩得將一來，然而自捧是去向的一種最愚蠢的自作聰明。
這種時算是淒慘的，官長們以為我們是剝削領導的，這真是個笑話，我們
死肉地還是吃不起種來飯白水煮東瓜的，老實說到這究竟還不致
於咁等缺，鼻能的倒是他們鼻能得可憐的乾脆了，因為手疼腳疼，鍋剷上不
來，只是嘸擂釀室，到底誰來奈為的是以這紅旗換取一日三餐的不成？
我們的排長換了，滿臉笑容，想係大病去矣其樂也融融。連上又來
了兩位軍訓班十九期的見習官，所說他們的，但不知究竟如何。
勝廢離拔，等子弟見習待一日，狂剝，實在受不了。
九月廿四日 禮拜三 ⋯ 陰雨

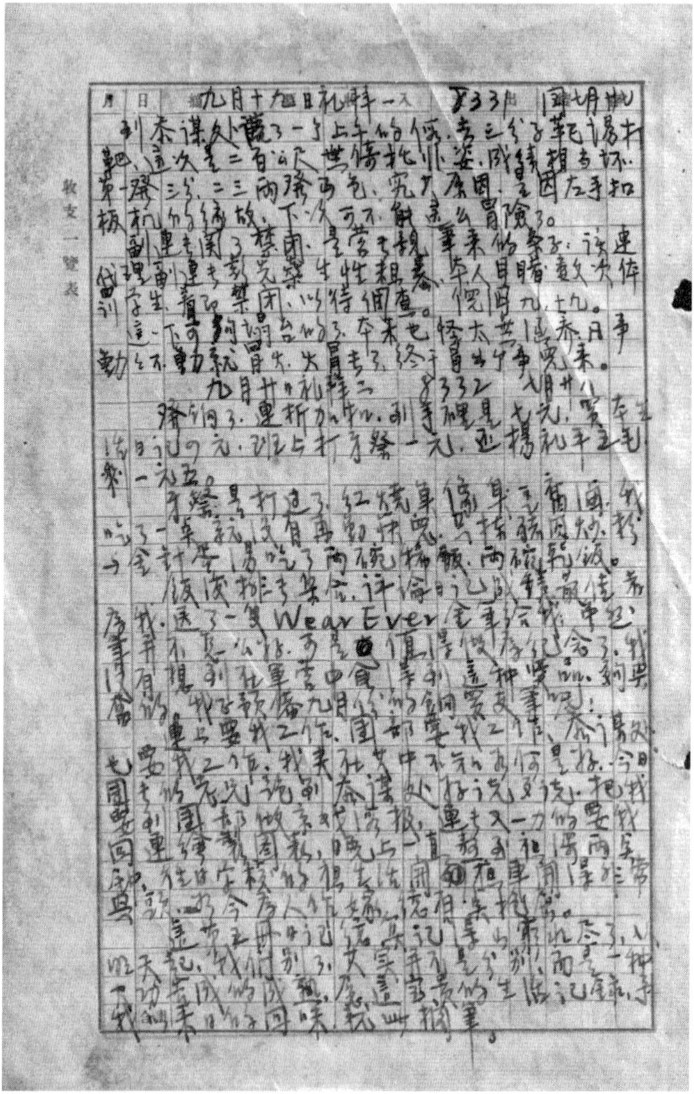

台南旭町營房：九月十九～二十日

INK PUBLISHING
文學叢書 675

1949來台日記

作　　者　朱西甯
圖片提供　朱天文　朱天心　朱天衣
總 編 輯　初安民
責任編輯　宋敏菁
美術編輯　黃昶憲
校　　對　潘貞仁　朱天衣　卞　莉　宋敏菁

發 行 人　張書銘
出　　版　INK 印刻文學生活雜誌出版股份有限公司
新北市中和區建一路249號8樓
電話：02-22281626
傳真：02-22281598
e-mail：ink.book@msa.hinet.net
網　　址　舒讀網http://www.inksudu.com.tw

法律顧問　巨鼎博達法律事務所
施竣中律師
總 代 理　成陽出版股份有限公司
電話：03-3589000（代表號）
傳真：03-3556521
郵政劃撥　19785090　印刻文學生活雜誌出版股份有限公司
印　　刷　海王印刷事業股份有限公司

港澳總經銷　泛華發行代理有限公司
地　　址　香港新界將軍澳工業邨駿昌街7號2樓
電　　話　852-27982220
傳　　真　852-27965471
網　　址　www.gccd.com.hk

出版日期　2022年 3 月　初版
ISBN　978-986-387-468-3
定　價　350 元

國家圖書館出版品預行編目資料

1949來台日記／朱西甯著 --初版,
新北市中和區：INK印刻文學，
2022. 03 面； 14.8 × 21公分.（文學叢書；675）
ISBN　978-986-387-468-3　（平裝）

863.55　110012967

舒讀網

紀蓮海出版中心
贊助出版